いただきます

Contents

nts

Contents

因為《主婦的午後時光》，才有了這本《蛋炒飯的餐桌故事》……。

在《主婦的午後時光》計畫裡，

作家陳夏民與攝影師陳藝堂目標是走訪臺灣各地的主婦

但這聽起來再簡單不過的任務宗旨，執行起來

為了能夠讓故事更多元，我們特別與「愛料理」食譜社群合作，

以「蛋炒飯的餐桌故事」為題，舉辦食譜與故事募集活動，

而這本食譜書，就是活動的精彩集結。

有給寶貝吃的蛋炒飯，有洋溢著粉色愛情的蛋炒飯

也們炒一道屬於自家味道的蛋炒飯，聽她們說說自己的故事。

全然不是那一回事。光是「主婦上哪找」，就是一大問題。

有飄著幼年對爺奶一輩回憶無限的蛋炒飯……。

12道蛋炒飯，12個獨特而溫暖的餐桌故事，好料上桌，邀請您趁熱享用～

開飯之**前**，故事的**原點**……

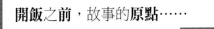

媽媽對於寶寶，總是有用不完的愛心與耐心。
透過料理，生動的講故事給牙牙學語的孩子聽，
雖然還是個笨手笨腳的新手媽媽，與寶寶和先生互動，還是期盼能盡力做到最好。
將富有營養的南瓜、甜玉米、青豆仁、番茄、雞蛋和絞肉做成繽紛的南瓜馬車蛋炒飯
將小孩子喜歡的熱狗做成章魚馬伕，天馬行空的想像隨著故事恣意蔓延，
每一個奇幻旅程的背後都是爸爸媽媽想給寶寶多吃一口飯的愛與心意，
今天，媽媽也為你煮飯，當寶寶的專屬魔法師。
一邊吃一邊還可以跟孩子講故事：「很久很久以前有位灰姑娘……
坐著魔法變出的南瓜馬車來到城堡；紫色的米是灰姑娘的紫色裙襬……，」
繽紛的顏色很吸引小孩，很多想像故事都可以加進來。

1

灰姑娘魔法 南瓜 蛋炒飯

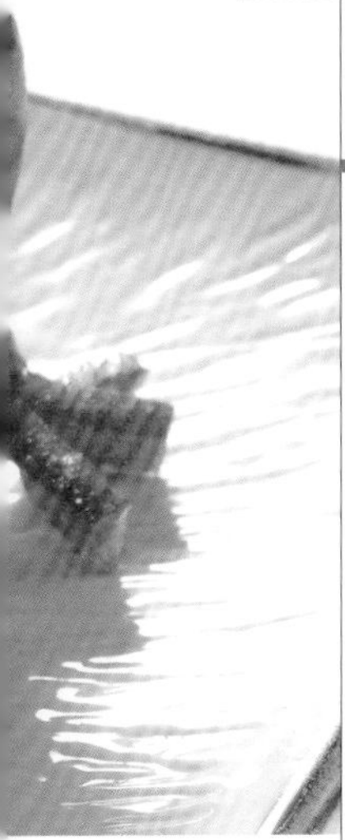

食材（2人份）

有機小南瓜1顆
雞蛋2顆
番茄1顆
五穀米飯1.5杯
熱狗1條
玉米半杯
青豆仁半杯
豬絞肉150g

步驟：

1.將南瓜放在耐熱容器中，以電鍋蒸約3分鐘，放涼後剖半，挖出南瓜肉備用。

2.將一或兩隻熱狗，切斷後再切花，做成有8隻腳的可愛熱狗章魚；剩下的部分切碎，混入蛋炒飯。青豆仁泡水後一顆顆剝皮。

3.將米飯、青豆、玉米和熱狗丁一起煮。另取一個碗打兩顆蛋，攪勻成蛋液。

4.熱油後加入番茄炒熱，再加入蛋液炒至半熟，取出備用後，再將豬絞肉炒香。

5.將飯、豬肉、雞蛋與番茄一起大火炒香。再將炒飯放入南瓜，擺上熱狗馬伕即可完成。

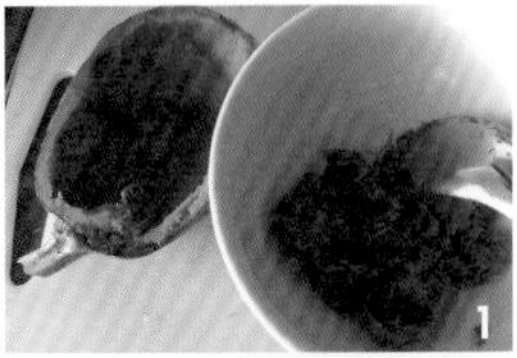

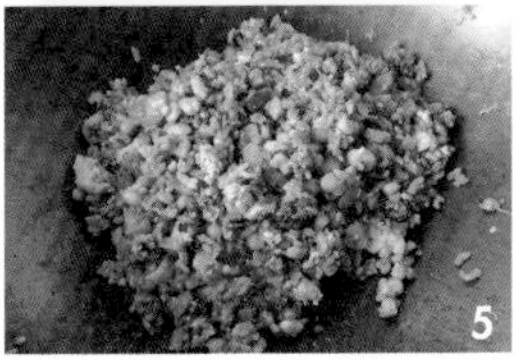

文、攝影：白櫻樹
原文網址：https://icook.tw/recipes/158673

老公下班一踏進家門，
蘋果姊姊迫不及待地說：
「老公辛苦了，來吃西瓜吧！」
「我想先吃飯，再吃西瓜。」
「不不不，我們直接吃西瓜。
你看，你看，今天的晚餐是西瓜蛋炒飯。」
老公放下沉甸甸的公事包，
看了看餐桌後說：
「哈哈哈，還真的是西瓜耶！」
我們邊吃西瓜邊說笑，老公一進門時的疲態早已消逝。
用療癒系美食撫慰工作忙碌的家人最棒了。
西瓜的產季，就一起來吃西瓜吧！

2 西瓜蛋炒飯

文、攝影：蘋果愛料理

原文網址：https://icook.tw/recipes/157522

1

2

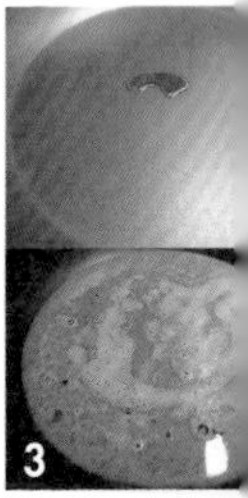
3

食材

- 西瓜皮部分
  全蛋2顆
  抹茶粉1小匙
  鹽少許
  海帶芽適量

- 西瓜白肉部分
  蛋白4顆
  鹽少許

- 西瓜紅肉部分
  白飯2碗
  蕃茄醬適量
  匈牙利紅椒粉適量
  皮蛋1顆
  鹽少許
  白胡椒少許

步驟

1. 皮蛋置入碗中，放入電鍋，外鍋放一杯水蒸煮。海帶芽放入冷開水中泡開。

2.【西瓜皮】
取一個碗，打入2顆全蛋、抹茶粉和鹽，攪拌均勻成「抹茶蛋液」。

3.【西瓜皮】
取平底鍋放少許油，用廚房紙巾將油抹勻鍋底。開小火，倒入步驟2的「茶蛋液」慢煎至蛋液凝固，取出「抹茶蛋皮」備用。

4.【西瓜白肉】
取一個碗，打入4顆蛋白、鹽，攪拌均勻成「蛋白蛋液」。

6

7

8

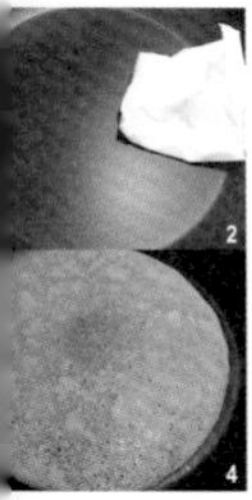

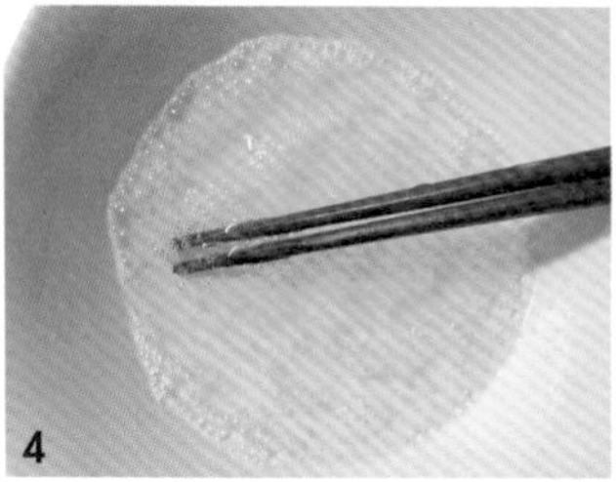

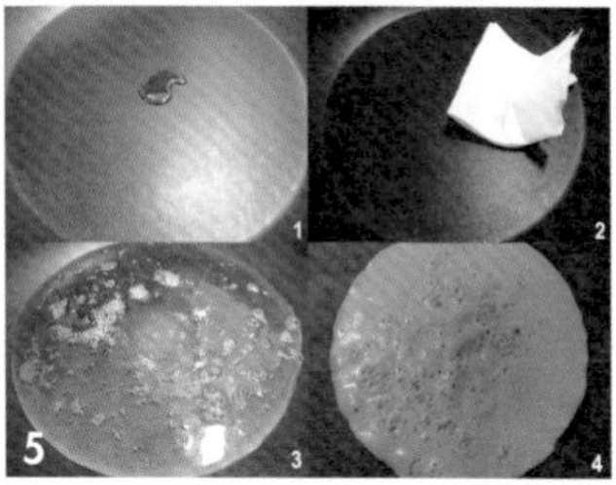

5.【西瓜白肉】
取平底鍋放少許油，用廚房紙巾將油抹勻鍋底。開小火，倒入步驟4的「蛋白蛋液」慢煎至待蛋液凝固，取出「蛋白蛋皮」，蓋在步驟3的「抹茶蛋皮」上備用。

6.【西瓜皮】
取出步驟1的海帶芽，用廚房紙巾壓乾。

7.【西瓜紅肉】
將步驟1蒸熟的皮蛋剝殼後切碎。

8.【西瓜紅肉】
取出平底鍋放少許油，放入切碎的皮蛋，開中火慢煎。待聞到皮蛋的香氣時關火，取出備用。

9.【西瓜紅肉】
同一平底鍋，倒入白飯、蕃茄醬，灑匈牙利紅椒粉（若無也可只加蕃茄醬），用鍋鏟將飯撥鬆。待飯均勻裹上紅色時，步驟8皮蛋碎放入拌炒，並灑上鹽、白胡椒並繼續拌炒，即成蕃茄皮蛋炒飯。

10.【組裝】
取出玻璃碗（或玻璃保鮮盒），先放入「抹茶蛋皮」和「蛋白蛋皮」，再將蕃茄皮蛋炒飯填入，最後將步驟6的海帶芽塞進碗邊，就可以吃西瓜囉！

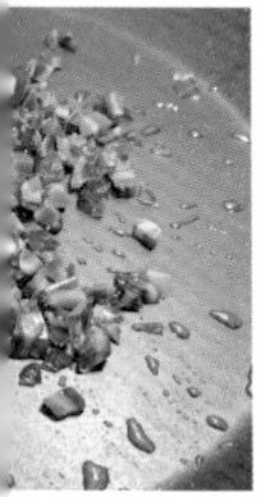

高中時期，學校對面有一間大排長龍的早餐店，我想吃很久，但排隊的清一色是男生，因為賣的是炒飯，哪有女生一早是吃炒飯的！所以我只好拜託班上的男同學幫我買，這位男同學就是後來的妳爹爹……

女兒聽著我的羅曼史，露出幸福的眼神，放下手中的筷子輕輕的說著：好浪漫喔！就在空氣凝結三秒左右，兒子問：「妳和爸爸差三歲，他怎會是妳同學？」我哈哈的回答：「啊！被識破了，這是你們小阿姨和姨丈的愛情故事啦！今天的這道蝦仁蛋炒飯，讓我想起他們的曾經，很有趣的緣份吧！」。

3

蝦仁蛋炒飯

文、攝影：小潔的廚房記事
原文網址：https://icook.tw/recipes/156398

食材（2人份）

蝦仁8尾
雞蛋2顆
白飯（熱）2碗
玉米粒半條
韭菜花適量
美乃滋1大匙
番茄醬1大匙
鹽適量

步驟：

1.韭菜花切碎，蝦仁切丁。

2.取一顆蛋黃同美乃滋、番茄醬與白飯拌勻。

3.加一大匙油熱鍋，放入玉米小火翻炒成透狀。

4.下韭菜花、蝦仁炒至半熟，加入打散的雞蛋，炒至蛋液不流動。

5.倒入步驟2，加鹽調味炒勻至鬆香，即可享用美味。

正值鳳梨盛產的季節，
鳳梨和鮮蝦迸出的夏威夷口味，不管是炒飯或Pizza，都是我們家食客的最愛。
今天特意買了整顆鳳梨，把皮拿來做成盅，用來裝炒飯。
小朋友一放學，用了「OH! YES!」來回應。
當媽媽的我不禁莞爾。
有什麼比這令人開心呢？

4 夏威夷蛋炒飯

1

2

3

4

5

食材（4人份）

鳳梨1顆
蝦子16隻
白飯3人份
雞蛋3顆
蔥2根
蒜頭3瓣

調味料：

醬油1大匙
鹽1小匙
胡椒粉1匙

步驟：

1.準備食材：蝦子去頭，背上劃一刀挑除腸泥，用米酒和胡椒鹽醃10分鐘。將鳳梨平均切成兩半，取出果肉，去心後再將鳳梨切成小塊。

2.鍋燒熱加一匙橄欖油，爆香蒜末，再下蝦仁，稍微煎至兩邊變紅（約7至8分熟），起鍋放涼備用。

3.起油鍋，加入三大匙的橄欖油，打入3顆蛋，炒成碎蛋，再加入白飯炒散至粒粒分明，加入醬油、鹽、胡椒粉，可依個人口味調整。

4.加入蝦仁和蔥綠拌炒，飯的熱氣會把蝦仁悶熟，最後再加入鳳梨。

5.把炒飯裝到鳳梨盅中。完成！

文、攝影：Mayli Chen的簡單煮藝
原文連結：https://icook.tw/recipes/156940

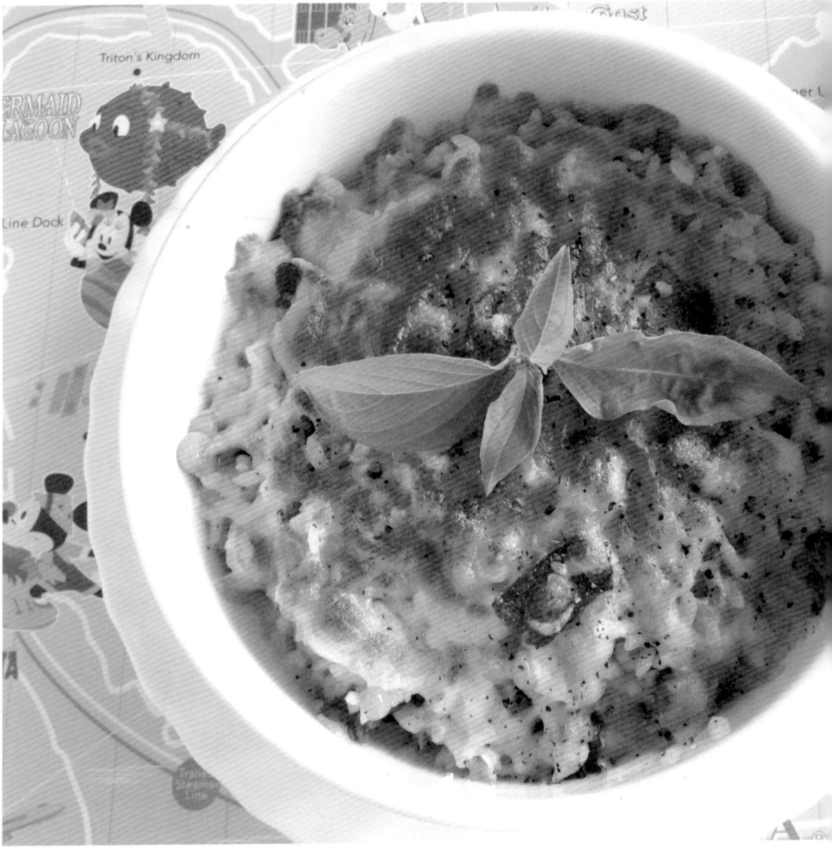

焗烤培根玉米蛋炒飯是我家爸爸與女兒的專屬特製，
父女倆是起司控，家裡隨時會備著乳酪絲。
有次正在廚房炒飯，女兒跑來說她的炒飯要升級！？
爸爸在客廳也呼應著他也要焗炒飯！
真被打敗啦！
也因為這樣，蛋炒飯與牽絲起司蹦出好滋味啦！

5

焗烤培根玉米蛋炒飯

食材：

隔夜白飯1碗
雞蛋1顆
培根1片
玉米粒2大匙
焗烤乳酪絲適量

調味料：

醬油少許
黑胡椒粒適量

步驟：

1.雞蛋打散、培根切小丁狀。

2.熱鍋放入培根丁煸香出油。

3.煎香培根推至鍋邊，看培根出油量多寡另補些油，倒入蛋液與白飯拌炒。

4.加入少許醬油調味、增加色澤，快速拌炒均勻（培根與乳酪絲已有鹹味，醬油就不需太多），再加入玉米粒拌勻（之後還要焗烤不需炒太乾）後盛入烤皿。

5.鋪上適量焗烤乳酪絲，放入烤箱烘烤至表面上色即可（小烤箱約烤3分鐘）。焗烤培根玉米蛋炒飯完成！

文、攝影：ying
原文網址：https://icook.tw/recipes/158194

1

2

3

青醬蝦仁蛋炒飯

孩子最愛蛋炒飯了。
雞蛋包覆著米粒，金黃色的米飯吃得飽足又香甜。
做母親的人貪心的希望孩子吃得更營養些，
於是把孩子愛的蝦子、青醬一同拌入，
在炎炎夏日裡，孩子的每一口都是營養與滿足，
母親的喜悅盡在眼神與嘴角。

食材（4人份）

白飯2大碗
雞蛋2顆
白蝦20尾
洋蔥（小）1顆
蒜末2瓣

青醬材料：

九層塔1碗
無調味綜合堅果1.5大匙
蒜3瓣
橄欖油3大匙
鹽1小撮
黑胡椒粒少許

調味料：

白酒1.5大匙
鹽1小匙
黑胡椒粒少許

步驟：

1.首先製作青醬。先將九層塔洗乾淨、瀝掉水份後備用。

2.堅果類不放油炒出香氣即可取出放涼（也可以使用烤箱）。

3.把所有的青醬材料放入調理機打碎，即可取出備用。

4.取一炒鍋，放入洋蔥、蒜末炒出香氣後，加入蝦子拌炒，嗆入白酒待蝦子變色快熟先取出。原鍋再放油，加入雞蛋炒到快熟但保有水份溼潤感，加入白飯拌炒。洋蔥的水份去掉，與蝦子一同放回炒鍋、加入適量的鹽、黑胡椒粒調味，最後再加入青醬拌勻即完成。

5.盛盤，再加少許起司粉更好吃！

文、攝影：毛媽卡洛琳
原文網址：https://icook.tw/recipes/158666

雪裡紅雞粒蛋炒飯

文、攝影：勝小廚 OD
原文網址：https://icook.tw/recipes/156536

7

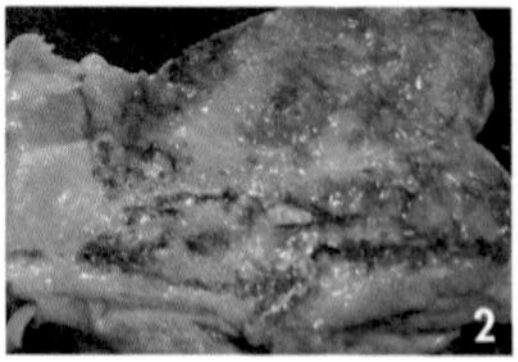

記得小時候母親都會騎著鐵馬去幫外婆種菜、採收，去市場販售。推車上的青菜一把才幾塊錢，有時還要跑給警察追，最後把沒賣出的菜做成雪裡紅。

母親的餐桌上常常出現這鹹香的滋味，這成為我腦海裡溫馨的回憶！小廚就用這雪裡紅炒雞粒結合蛋香來呈現這道回憶中的炒飯……。

食材（3人份）

雪裡紅2把
去骨雞腿肉1支
蒜末3瓣
薑末2片
辣椒3支
糖少許
蛋2顆
隔夜冷飯1盤
鹽巴少許
胡椒粉少許

步驟：

1.雪裡紅洗淨切細末、蒜末、薑末、辣椒末。蛋打勻備用。

2.雞腿肉，皮朝下煎至兩面金黃焦香。盛出切小丁。

3.原鍋爆炒辛香料，加入雞粒拌炒後，再加入雪裡紅炒香，下少許米酒、糖、胡椒調味。

4.熱鍋加1大匙油，倒入蛋液，大火快速拌炒出香氣，再將冷飯先用手捏散倒入鍋中，大火翻鍋，輕撥輕壓，自然會粒粒分明。

5.把剛炒好的雪裡紅加進來，一起拌炒。起鍋前下鹽、胡椒調味，即可完成！

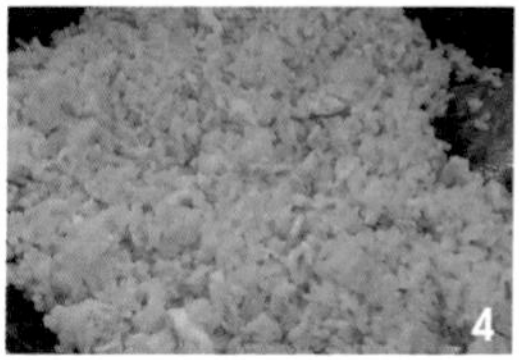

一趟北京行，參觀了明十三陵，見識到了許多古代工藝，
其中玉鑲金或金鑲玉的精湛手藝，讓我看得目不轉睛。
今天的晚餐，我把飯炒香，填入鮮甜肥美的小卷，
放入鍋內煎熟，由繁化簡，完成這道快速又美觀的宴客菜，
是一道將工藝延伸為廚藝的美味料理。

小卷鑲炒飯

■食材（2人份）

小卷（大）1尾
美乃滋適量

■炒飯：

白飯1碗
雞蛋1顆
薑泥1/2小匙
明太子1大匙
醬油1大匙
菠菜適量

■醬汁：

醬油1大匙
清水1大匙
砂糖1小匙

步驟：

1.小卷去除外層薄膜及硬梗備用。菠菜煮水燙軟後，撈起冰鎮、切碎，擠掉多餘水份備用。

2.雞蛋加明太子拌勻打散。

3.取一平底鍋，加入一大匙油、薑泥，以小火煸香後，倒入步驟2，快速翻炒至蛋液不流動。加入白飯、菠菜及醬油炒勻後，填入小卷。

4.另取一炒鍋，倒入醬汁煮勻。擺入小卷，蓋上鍋蓋悶煮至小卷由透轉白，翻面續煎上色，待熟透後關火放涼。

5.取出切片，擠上美乃滋即完成。

8

文、攝影：小潔的廚房記事
原文網址：https://icook.tw/recipes/157722

從小我們家掌廚並非女生的專利。
小時候看爺爺用吃剩的白飯，鍋鏟在鐵鍋裡壓一壓，再翻炒幾下，
一盤熱騰騰粒粒分明又香氣四溢的蛋炒飯，擺上桌後就忍不住大口吃光！
那時，我總想不明白，為何剩飯加蛋也可以變得如此好吃，總覺得爺爺好厲害！
長大後，在家想不到要吃什麼時，
腦中第一浮現的就是蛋炒飯，看冰箱有什麼就來當蛋炒飯的食材。
今天就用皮蛋來為炒飯加點變化，讓看似簡單的蛋炒飯，心意卻不簡單。

皮蛋蛋炒飯

食材（2人份）

皮蛋1顆
雞蛋2顆
白飯1大碗
蒜頭3瓣
紅蘿蔔絲1小把
蔥花適量
蝦米1大匙
米酒1大匙

調味料：

醬油1大匙
蠔油1小匙
鹽適量

步驟：

1.蝦米加入米酒浸泡5分鐘，蒜頭切末、皮蛋先蒸好或悶煮讓糖心凝固備用。（白飯使用隔夜飯或剛煮好的白飯都行，須注意炒的火候，一樣好吃。）

2.熱鍋，開中大火後鍋中加入1大匙油，先將雞蛋打散炒勻。

3.加入蝦米、蒜末與少許浸泡蝦米的米酒炒出香氣。

4.加入白飯與所有調味料，並將白飯翻炒均勻。（小技巧：白飯加入後馬上關火，利用餘溫將飯與調味料均勻打散，再開火繼續接著下個步驟翻炒，可以避免黏鍋。）

5.加入紅蘿蔔絲與切碎的皮蛋，再翻炒均勻，最後灑上蔥花拌勻即可。

文、攝影：小曹很愛吃
原文網址：https://icook.tw/recipes/157409

文、攝影：蘇菲
原文網址：https://icook.tw/recipes/156930

1

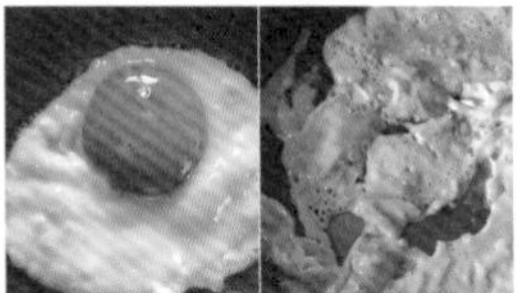

2

3

韓式泡菜蛋炒飯

10

天氣又悶又熱實在沒什麼食慾，打開冰箱想找點喝的無意間看到韓式泡菜。讓我想起大學唸書在學校附近路口一間韓式料理小店，我會買一盒泡菜炒飯進去教室吃，一邊吃泡菜蛋炒飯一邊吹冷氣很舒服。夏天很熱，適合吃一些酸辣的東西來開胃，今天炒了這盤韓式泡菜蛋炒飯，酸辣口味讓家人胃口大開，整盤吃光光，看到家人吃飽滿足的笑容，還有什麼比這更幸福？

食材（2人份）

放涼的白飯1碗
韓式泡菜1小碗
玉米粒適量
毛豆適量
雞蛋2顆

調味料：

香油少許
醬油少許
鹽巴少許
芝麻少許

步驟：

1.一碗常溫放涼的白飯，泡菜擰乾醬汁後切丁備用。泡菜醬汁留著備用。

2.熱鍋放油，煎一顆荷包蛋備用。另取一顆蛋打成蛋液，下鍋煎至半分熟。

3.鍋內加入白飯，火不要太大，並用飯匙把飯鬆開，一團一團的白飯可用按壓方式拌開，炒到白飯的水份蒸發、白飯粒粒分明（約需1～2分鐘）。

4.加入泡菜、玉米粒、毛豆，持續拌炒至炒飯的顏色均勻，再加入少許鹽巴、醬油、香油與泡菜醬汁，繼續拌炒至醬汁收乾。

5.炒飯盛盤，灑上少許芝麻，並將荷包蛋蓋上炒飯，半熟的蛋黃能夠舒緩泡菜的辣，怕吃辣的人可以試試。

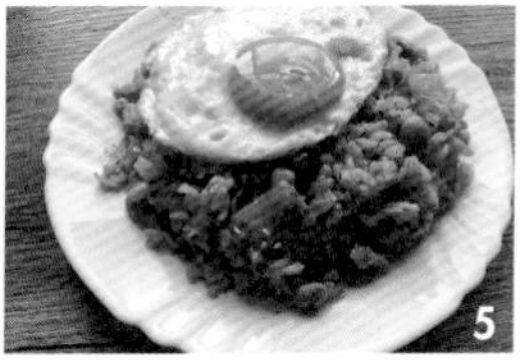

蔥爆牛肉是很多人喜歡的一道菜，而且又下飯，
與蛋炒飯結合後，蛋香、蔥爆醬香、嫩牛肉……哇～嗚～超讚的啦！
有一次與家人討論晚餐要吃什麼。
媽媽：冰箱有牛肉……炒蔥爆牛肉配飯！
爸爸：讚～讚～讚～
小孩：想吃媽媽煮的炒飯又想吃肉肉～
媽媽：蔥爆牛肉炒飯？好像不錯喔！
從此這道蔥爆牛肉蛋炒飯，成為我家餐桌上獨特蛋炒飯！

11 蔥爆牛肉蛋炒飯

食材：

牛肉條60g
雞蛋1顆
隔夜白飯1碗
蔥1-2根
薑片2片
蒜頭3-5瓣
辣椒適量

醃肉醬：

醬油1茶匙
米酒1/2茶匙
太白粉1/4茶匙
蛋少許

蔥爆醬汁

醬油1茶匙
蠔油1茶匙
糖1/2茶匙

步驟：

1.白飯稍微拌鬆。雞蛋打散，將約半茶匙蛋液加至牛肉與醃肉醬中，抓勻醃10～15分鐘。

2.備辛香料：蔥白切段拍扁，與蔥綠分開。薑與辣椒切絲、蒜頭切末。

3.取適量油，熱鍋後倒入蛋液與白飯拌炒。拌炒至飯粒鬆散、均勻，即成黃金蛋炒飯，盛起備用。

4.續原鍋加熱，加入約一茶匙油，倒入牛肉過油，即可把肉夾出備用，再用鍋中餘油爆香蔥白、薑絲、蒜末。

5.倒入牛肉、蔥爆醬汁、蔥綠辣椒絲後，快速拌炒均勻，再倒入黃金蛋炒飯拌勻，蔥爆牛肉蛋炒飯完成！

文、攝影：ying
原文網址：https://icook.tw/recipes/157866

廣式炒飯

文、攝影：viola料理師
原文網址：https://icook.tw/recipes/156109

12

1

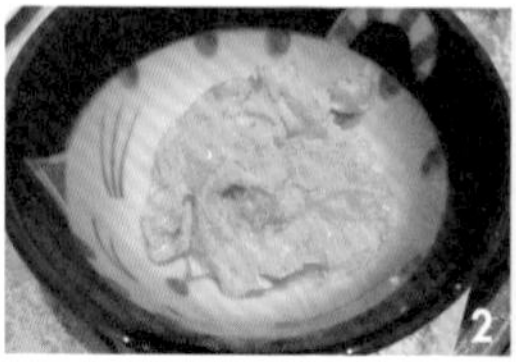
2

一般人對客家人的認知就是克勤克儉，這也是我家媽媽的寫照，她可以運用簡單的食材，變化出美味的料理。

以前小學的時候總會呼朋引伴來家玩，媽媽怕我們餓到，總會準備炒飯、炒麵這樣家常的料理。朋友們吃完每每感到驚豔，直誇我家的媽媽好會煮喔，當我家的小孩很幸福！而我也真的這樣認為。媽媽的料理不僅讓我們吃飽，還讓我們有幸福的感動。最美味的餐桌真的就是自己家，家的美味無可取代！

食材（2人份）

叉燒肉5片
小黃瓜1根
熟白米2碗
雞蛋2顆
玉米粒半罐
日式醬油2匙
鰹魚粉1小匙
胡椒粉1小匙

步驟：

1.準備材料。

2.把蛋炒散，約至五分熟，取出備用。

3.白飯炒散（隔夜飯為佳）。

4.加入玉米粒，小黃瓜塊、叉燒塊，拌炒均勻，加入調味料。

5.最後把散蛋加入並拌炒，即可完成上桌。

ごちそうさまでした

作者／愛料理作者群
編輯／何宛芳
版面設計／林慎微
封面素材設計／愛料理、BebeNiniBobe
策展／Readmoo電子書
企畫發想／群星文化
食譜募集協力／愛料理

統一牌

15段人生故事×15種蛋炒飯的滋味

主婦的午後時光。

陳夏民／採訪・撰文　**陳藝堂**／攝影

看似平淡的主婦各有不同的樣貌，就像相同的料理不一樣的人能炒出不一樣的味道，十五個平凡又不凡的故事，獻給想看人妻炒飯的你！（你口味好重哦！）（什麼啦！）

——**宅女小紅**｜媳婦界燈塔

每個女人的身影，都是如此不同而絕對地美麗。

——**張瑋軒**｜女人迷共同創辦人暨CEO

主婦是家庭常備的主心骨，一日不可無，卻很少被看見。這本風格強烈、調性溫暖的主婦列傳，寫活了廚房裡那個身影，以及那盤蛋炒飯。

——**黃哲斌**｜《父親這回事》作者

媽媽永遠都在……不管是搭配乾煎魚、紅燒肉、炒青菜……或是那最尋常，又最獨特的蛋炒飯！而蛋炒飯或其他家常菜色，少了媽媽之後，就變成意興闌珊的索然無味……

我幸福的帶著媽媽的味道，豐富了自己的人生；並且開始享用與孩子一起創造的生命故事……我跟孩子說：「這是為了以後獨自灰心氣餒的時候，只要想起我們共度的時光，就能帶給你一絲絲的力量與勇氣！」

於是對我媽媽的「主婦的午後時光」也感到好奇起來……

（還是要打書，並該回家承歡膝下了XD）

——**劉昭儀**｜我愛你學田市集創辦人

詩人陳黎曾說，爸爸的存在是「壁紙音樂」；高聲激唱的台語歌，媽媽總是恩重如山。但很奇怪勒！媽媽若套上煮飯的圍裙，簡直如壁紙，家人與社會視為理所當然……

《主婦的午後時光》這本書，將壁紙的平面生硬，撕掉！讓油膩點點黑的圍裙，飛揚！才知道，每一寸平凡的午後光陰，就是蛋炒飯，可是滋味內蘊、料多如山！

——**鄭順聰**｜作家

其實我過去是一個完全不大下廚的人，尤其在我母親過世後，我想廚房大多只是用來煮煮泡麵或者是下水餃而已。近幾年，因為經營「愛料理」食譜網站，自己慢慢開始學習一些簡單的菜色，週末下廚的頻率也就變高了；同時為了更了解我們站上分享食譜的作者們，也曾跟著編輯同事去採訪她們，透過聊天，不僅了解她們拿手的料理、使用網站的原因，更知道她們各式各樣的人生故事。

知道群星文化要出版這本《主婦的午後時光》，會讓受訪的主婦們做她們拿手的蛋炒飯，第一個想法就是這好像是我們公司做過的使用者訪談，只是主角不再是料理或者網站，而是主婦本身的故事；在這本書中，也訪問了兩位我沒有訪問過的「愛料理」網站作者——美惠及蘋果，我好像身臨其境的聽她們敍述人生故事，並聯想到其他我們曾經認識的「愛料理」作者，隱隱有著很大的感觸。近年來，很多創業者常嚷嚷著要改變世界，但我自己常覺得豐富這世界、讓世界更美好，也許是更棒的。

——蕭上農｜「愛料理」執行長

前言

感謝各位主婦賞口飯吃

從提案到這本書出版的這一年多來，我與攝影師藝堂一起從基隆到屏東，再從美濃到台北，去了許多不曾去過的地方，更侵門踏戶地採訪十五位家庭主婦們的午後時光。很多朋友聽了，都充滿好奇，總會問一句：「為什麼要採訪家庭主婦？」

這個故事得從「大腸憩室炎」談起。

二〇一五年六月，我到花蓮連續出差兩天，突然右下腹部疼痛，冷汗直流。那時，真的以為自己會死在花蓮。學妹黃婉婷送我到花蓮醫院掛急診，醫師開始檢查，待他初步排除闌尾炎可能之後，已是深夜了。那時，我才想到該打電話給老媽。

「喂……」電話那頭的聲音聽起來帶著鼻音，想必是睡到一半了。我媽問我能否一早回桃園掛急診，但當時情勢不允許，於是她說明天就過來探望我。我把學妹手機號碼給她之後，便被送進病房，就著護理站穿透門縫的藍白色燈光慢慢昏睡過去。

隔天醒來，我媽還沒到，我在病床上又睡著，再張開眼睛，老媽已經坐在旁邊看顧我了。醫生告訴她，我得了大腸憩室炎，症狀很類似盲腸炎，不用開刀，但得持續禁食、注射藥劑並且留院觀察，直到好了才能出院。

我看著我媽，我媽看著我，我們相視苦笑，聊起這一場病。不免俗的，她一直提出許多沒有科學根據的觀察（「你就是變胖褲頭太緊勒到了，所以才會得到大腸憩室炎。」），也不忘提出碎念過無數次的叮嚀（「你就是太晚睡、抵抗力變弱，才會得到大腸憩室炎。」），但這次我沒有不耐表情，只是聽她說話，覺得有些愧疚。

那幾天我總是睡睡醒醒，某次深夜張開眼睛，看見她躺在旁邊的行軍椅上，發出淡淡呼聲睡著了，才驚覺這是我創業六年來，第一次和老媽在同一個空間裡相處那麼久。以往，我總認為老媽是家庭主婦，生活一定很悠閒，但在醫院那幾天，我常聽她用手機和外婆或鄰居或老爸討論事情，與我討論家裡的帳，更不忘在出去買飯的空檔，把衣服洗好晾在浴室。

看著老媽在異地病房照顧我，還不忘處理家務，我才發現自己對她幾乎一無所知，而這份無知，便是建立在她家庭主婦的身分之上。

家庭主婦的定義就是掌管家務的婦人，而家務其實就是煮飯、洗衣服，好像不是太困難，欸，仔細想想，這種刻板印象也未免太沙豬了吧！「家庭主婦就是要照顧家務的婦女，沒什麼特別」這種標籤，就和一般人心目中常有的「蛋炒飯就是拿蛋去炒飯而已，沒什麼特別」一樣，都假定了被標籤者沒有差異，永遠都只有一種樣板，沒有其他可能。這樣的刻板印象讓我越想越不安。

「家人上班、上學去，獨自在家的午後，主婦們究竟在做些什麼？」我反覆思考這個問題。出院後，我決定與素昧平生的主婦們好好談一談，我想知道她們如何運用珍貴的午後獨處時光，我想聽聽這些女性告訴我，她們從少女變成家庭主婦的經過。如果可以，我也想請她們炒一盤蛋炒飯給我吃，我想透過每一口飯的滋味，去鬆動腦海中對家庭主婦與蛋炒飯的既定標籤，讓自己不再懷抱這些刻板印象。

「主婦的午後時光」並非我能獨力完成，因為這個採訪計畫彷彿有著自己的命格，有它想遇見的人，有它想說的話，而一路發展成現在的樣子。感謝群傳媒執行長文真的大力支持、群星文化出版顧問蕙慧姊與副總編小歐形塑全書面貌、宛芳協助我尋求資源、芷好幫我釐清創作可能。最幸運的，是我欣賞已久的攝影師陳藝堂願意跨刀參與這個計畫，兩個三十來歲前中年大叔就此組成名為「藝夏男孩」的男孩團體，全台走透透。每到一個主婦的家，門才關上，就請她們炒一盤蛋炒飯給我們吃，和我們一起閒聊，分享她們不為人知（甚至連家人都不知道，聽了肯定嚇到）的人生故事。

吃了超過十五道滋味截然不同的蛋炒飯，聽了那麼多的人生故事，我們接受各地主婦們的熱情款待，所能夠回饋的，便是好好用影像與文字記錄這一段難得的相逢。

我相信地球能夠正常運作，要感謝的不是發電廠或是加油站，而是來自全世界的家庭主婦們，妳們都值得一座諾貝爾和平獎。謝謝妳們賞口飯吃。

採訪規則

1. 為了讓主婦安心受訪，每次採訪都要有一位出版社的女同事隨行。如果主婦希望有家人或朋友陪同，當然沒問題！
2. 必須事先提供問卷給主婦填寫，讓「藝夏男孩」對主婦們有些初步認識。
3. 中午左右到主婦家，先請受訪主婦現場準備自家常吃的蛋炒飯讓採訪團隊品嘗。接著在午後時光，夏民先進行深度訪談，然後是藝堂的特寫攝影。
4. 採訪絕對不能超過下午五點，以免打擾到主婦準備晚餐。

主婦的午後時光

主婦的
午後時光

於是，主婦的午後時光第一站，我們來到基隆，採訪小歐的媽媽。

採訪當天，藝堂開車，我搭火車，分別抵達基隆。距離我上次來基隆，應該有八年之久，連火車站都不一樣了。因為我的火車誤點，小歐和藝堂便先開始準備。小歐的家位於市區某公寓建築，我踩著斜坡走上窄巷，兩旁的建築物很台、很老，讓人覺得很熟悉卻又有些陌生。站在小歐家門口，我緊張起來。

「要是採訪得不好，激怒了人家怎麼辦？」

猶豫了一會，還是按下門鈴。不久，Lauren，也就是小歐的媽媽前來開門。她的頭髮斑白，身材纖細，走路的姿態看起來比我這個少年郎（喂）更有精神，熱情招呼我進門。走進屋子裡，發現藝堂已經開始勘景，準備待會的拍攝工作。我接過Lauren為我準備的茶水，拿出準備好的訪綱與手機。

「開始採訪前，可以先借插座嘛？」我把手機接上插座，打開錄音功能，戰戰兢兢地展開了第一次的訪談。

開始執行任務前，我和搭檔藝堂、本書編輯小歐開了幾次會，逐步討論採訪計畫的步驟，開會氣氛十分歡樂。老實說，用說的很容易，等到要採取行動時，問題就來了。

「那我們的主婦從哪裡來？」藝堂問。

「全台灣那麼多家庭主婦，很好找吧？」我回答。

「那我們的主婦從哪裡來？」他又問了一次。

啊，我懂了，全台灣那麼多主婦，但這可不是隨便在菜市場搭訕，或是走進任何住宅區隨便敲門，就可以進行採訪的計畫啊！於是，我們又花了時間，重新討論想要採訪的主婦類型。

「如果可以，我希望採訪不認識的家庭主婦。」我說。

「為什麼？」

「認識的人，有些問題反而尷尬，先從陌生人開始可能比較好。」

「那我們第一個找誰？」藝堂問完，我們三人陷入沉默。

「先從我媽開始吧？你們認識我，但不認識我媽，條件符合。」編輯小歐溫柔地說。

INTERVIEW #01

Lauren教我的事

平凡人也可能有著不可思議的生命故事

採訪完畢後，我穿著Lauren借給我、她那雙對我來說小到不合腳的室外拖鞋，站在小歐家的頂樓，看著藝堂幫她拍攝照片。此時的天色有些陰沉，這陣子天氣不太穩定，午後總會有雷陣雨。

我看著外頭的基隆景觀，有海、有山、有一棟棟建築物，而Lauren氣定神閒地練氣功，不受我們影響，也不擔心藝堂的鏡頭注視。我看著看著，好像也能理解，她口中的歸零是什麼意思了。

「我的父親曾是異域游擊隊。」

「阿姨，妳小時候是在中國雲南出生的嗎？」

「我是在騰衝出生。」

說得更具體點，是騰衝的和順鄉，不僅是知名景點，也以僑鄉聞名。那裡的人多半到國外去，有的去緬甸，有的去了更遠的地方。Lauren的童年時光便在緬甸境內來去，後來又因國共因素，輾轉來到了台灣。

「我的父親是異域游擊隊。」

「是電影《異域》裡的那個？（天啊，是劉德華、庹宗華演過的那個！）那時他是國民黨嗎？」

「那時只是為了愛國，所以參加游擊隊，沒有分什麼國民黨。」

後來的游擊隊造成紛亂，認得的中國人差不多跑光了，她和母親逃到了人口以傣族為主的緬甸南坎，幸虧橋斷了，游擊隊過不來，才在那獲得生存機會。

一九五一年，她的弟弟在緬甸出生，還有一個不幸夭折的小妹，過沒多久，就沒有關於父親的消息了。「我爸爸很喜歡打牌，打著打著就跟游擊隊走了。」

那時，她年紀尚小，不懂擔憂，每天與其他小孩們一起跳繩、跳房子。「後來還是父親寫信回來，我們才知道他在台灣，他連名字也換了。我們不敢透露父親在台灣的事，那時共產黨滿凶悍的，只要知道家裡有人過去，留下來的人就會受到影響。」Lauren猜測父親是一九五四年隨著國民黨到台灣的，但那封報平安的家書，隔了四、五年後她們才收到。

不過，這消息終究逃不過共產黨耳目，以致她留在雲南的哥哥，儘管成績優秀，初中畢業後卻不能再念書。他被列為黑五類。

Lauren小時候上過緬甸的擺夷學校，雖然語言不通，卻也拿過第三名。她還記得一段緬甸的歌謠，輕輕哼了起來，又唸了一段我聽不懂的話。

「台灣這裡是學九九乘法，而緬甸那裡是教十二乘十二，以前我背得很熟。」剛到台灣時，只要買東西或是算數學，她都在內心複誦緬甸的乘法表。「現在不太記得了，反正每一次乘都要乘到十二。」

在家裡她講雲南話，在學校則講普通話、擺夷話，因為戰亂因素，學校開開關關，轉學也不是新鮮事。流轉各個學校間，小小年紀的Lauren不僅得練習語言的轉換，也見證國共勢力的民間角力。小二、小三時，她就讀國民黨開的學校，人不多，但有祭孔典禮。

「華僑學校比較重傳統，過年時華僑城市的人會組成舞龍團，到每一戶中國人家裡恭賀。舞完了，最後那一家會負責宵夜，大家就坐下來慶祝，從初一舞到大年十四過十五十六；到了最後一天中午，就像野餐一樣，大夥看完舞龍，就在江邊把龍燒了，送龍回家。」

眼前的白髮主婦，談起童年時神情像個小孩，她口中的童年往事已經不是後來出生的我所能了解的，但那是她珍貴的人生碎片，獨一無二。

我看著她，想起我媽和我的外婆、奶奶，忽然很想知道她們的童年是什麼模樣？

那時候在南坎，Lauren早上去上學，中午回家吃飯，吃完再去學校。孩提時光總在邊走邊玩中度過，玩著走著，她改上仰光的學校，還沒讀完五年級就來到台灣了。

「我父親申請眷屬入台證。然後我們就搭翠華號的飛機，中間到香港轉機，住了兩三個晚上。」

原本以為她們收行李時，會攜帶什麼傳家之寶過來，「傳家之寶？只有幾件衣服而已啊！以前大家都很窮耶！」說完，Lauren笑了。「現在是富庶的社會啊，以前那個時代哪有什麼東西可帶。」

其實Lauren並不想過來。「因為我對父親沒有好感啊！」是啊，出門打牌去，竟然就消失不見那麼久，讓家人吃盡苦頭。

「這麼說來，他也滿酷的，參加國軍，算是很愛國，後來被日本人抓走。雖然日本人看重他，給他管地圖，但他還是逃走，日本人追在後頭。和順鄉他很熟，他就跳到河裡躲起來。結果，日本人跑到家裡去找人，我祖父在那邊裝睡，他們就把我祖母帶走，過沒多久她便平安回來，人沒怎麼樣，之後我父親就到國軍那邊去了。」

「到台灣，我一下飛機就後悔了，這裡好荒涼喔！」

無論如何，她們一家在台灣基隆太白里團圓了，這卻是她第一次覺得自己在逃難。「那時候，緬甸脱離英國統治沒多久，仰光很繁華，晚上有夜市，整條路鬧哄哄的，走路都擠不動。」一下飛機，看見松山機場的景象，Lauren立刻後悔。太荒涼了。「那時應該是民國四十八年吧；我們家得走山路上去，還是泥巴路的，就覺得好落魄，連自來水也沒有，還要自己去挑水。」

「在緬甸時，我們在南坎也會挑水。那時有五天一次的趕集，用雲南話的發音就是『乾該』，趕集的日子一到，我母親會去賣吃的，附近山頭的人都會來，有些人以物易物，有些人則用錢交易。」來到台灣後，Lauren的媽媽不再賣東西，但會幫人洗衣打雜賺些生活費，家裡的主要收入則依賴在港務局上班的父親。

生活的困苦，不如感受上的格格不入來得難解。當時就讀中山國小的Lauren，每天得過隧道走路上學。「我的國語是用雲南話自己編的，比如説上街是『上該』，聽起來不是很標準，同學都在學我。」國語可以死背，可數學就沒辦法了，考試大多都零分。「小學老師教心算時，全班都會舉手回答，只我一個人沒舉，心裡難過；有一次我就跟著舉了，竟然被老師點名站起來，但我根本不知道答案。」

原本不想讀書，想直接去當織布女工，但在父親半逼迫之下，Lauren還是繼續讀下去。因為個性好強，理解力還不錯，Lauren慢慢跟上進度，六年級下學期起，書讀得越來越好，結果一畢業就考上初中，雖然是最後一個志願，但當時全班四十八個人，只有二十四人上榜。

當時，她還不知道，接下來她會一路讀到其他同學鮮少達到的境界。

上了初中，她二年級便升上實驗班，當時教師群眾星雲集，包含早期的知名影評人、中視連續劇編劇魯稚子（本名饒曉明）和曾任江西省贛縣縣長的羅道學。

在課堂上，老師們的豐富學識讓她開了眼界。「以前那個年代上課時，老師的腔調什麼地方都有，有的山東腔，有的四川腔。教我們國文的老師，講話時都有四川腔，我還記得他講林覺民的〈與妻訣別書〉……」說完，Lauren順口來了一段四川話的〈與妻訣別書〉，我們聽完都笑了。

「我們以前很喜歡學老師講話。」那時候的她，國語已經很好，不再是被同學模仿口音的那一個了。

之後，她決定和朋友一起考北聯，成了景美女中第二屆學生。景美女中離家較遠，當時有公路局安排專車接送。但若是遲到沒有趕上專車，那麼便得自己花錢買票，搭乘普通的公路局班車去上課。就這樣，Lauren每天從基隆通車到台北，先搭火車，再從車站

換搭專車，一切按照緊密的行程前進。

景美女中畢業後，Lauren考到了文化大學哲學系。問她難道本來就想念哲學？她笑笑，「沒有沒有，當年的學生沒有什麼想念的志願，你的命到哪裡，你就落到哪裡。」

那年，大學聯考第一次分甲乙丙丁四個組別，「丁組是法商，乙組只有文科，丙組是醫科，甲是工科，可是大家都不知道怎麼挑，結果後來報名乙組的人有一萬三千多，丁組好像只有六、七千，所以很衰的是，若想要考上乙組第一志願的話，就要打敗一萬多人。」

「考上大學之後，家裡有幫妳慶祝嗎？」

「沒有。當年的人能夠考上，家裡給你湊學費去念，可是件大事情啊。」

「做什麼事情都要從零開始，不要倚老賣老。」

上了大學的她，生活沒有太大改變，一樣是通車上學，下課回家。丈夫則是她同班同學，但兩人直到她讀研究所時才開始交往。

研究所？在那個讀書本身就不容易的年代，Lauren能讀到研究所，實在不容易，問她是否因為家庭鼓勵才讀這麼多書，她搖頭，「我爸從沒鼓勵過我，考到就考到了。可能就是有上學的命，不見得好。」

問她是否喜歡哲學，「沒有什麼喜歡或不喜歡，只是我認為人生中很多真理要慢慢印證，有時心中有些想法，卻沒有具體的語言去表達，但透過這些哲人說出的真理就會給我們解答，替我們說出心裡的話。」

讀了研究所之後，Lauren跟隨毓老（愛新覺羅毓鋆）上課，之後也與先生到毓老的學堂聽《學庸》和《易經》。從環繞客廳四處的書櫃來判斷，我猜測她是個熱愛學習的人，但她覺得自己對學習沒有什麼特別的熱情，只是讓自己保持著閱讀的習慣。

國小時想當紡織女工的Lauren沒有如願去當女工。研究所畢業後，她在師長們順水推舟協助下，當上了老師。面對世界總是平淡以待的她，對於教育的想法，卻隱隱透著一股熱血。「教書這麼多年，我常常會反省，會不會害了一個人。」她曾經遭受誤解，學生在課堂上站起來對她說：「老師，我恨妳！」她也才因此了解一句沒有針對性的話，可能對某個聽者造成傷害。

「老師不能太主觀。我們應該跟學生分析事情，再讓他們自己選擇。」盡力為學生釐清選擇，再為他們祈禱，無論選擇哪一條道路，都會遇到好的因緣，這是Lauren的理想。教了四十年的書，Lauren提起過往總是雲淡風輕。

「每次接到一班新的學生，我都覺得應該要從零開始。我不希望倚老賣老。」

退休之後，她的生活也歸零。一早起來，先是燒香念佛，然後練練氣功，之後則是看書、做家事，同時照顧罹患失智症的母親。每個星期五，是Lauren固定出門放風的時間，因為那天先生不用上班，她便請他照顧母親，自己出去透透氣。放風這天她會去遊山玩水。

以往，沒有辦法定期出門的日子裡，她很容易心慌，看到車子會急著看路牌或是標示，深怕錯過了。但現在，她的心定了下來，不再那麼緊張。久而久之，甚至有朋友會央求她帶她們出門玩耍，儼然變成了導遊。

採訪告一段落，藝堂幫Lauren拍攝肖像照時，我們選定在餐桌旁拍攝。而她的母親也坐在那裡，寧靜地看著我們，微微笑著，偶爾拿起佛經翻閱，此時，小歐告訴我每當外婆鬧情緒，只要給她讀佛經就會平穩下來。

我看著餐桌旁那小小的廚房，想像著Lauren煮飯時，母親坐在一旁等待的神情，覺得是很美的風景。

趁著拍攝的空檔，我問她這樣照顧母親，會不會很辛苦。她淡淡地說：「雖然是我在照顧我媽，但或許我媽也在照顧我，她總是能讓我定下心來。」

TASTE 01｜Lauren的蛋炒飯

沒想到吃到的第一道炒飯是「素」的。我無肉不歡，原本有些擔心，沒想到毛豆與杏鮑菇拿來搭配蛋炒飯，加上黑胡椒提味，竟然這麼好吃！我要向素食炒飯道歉（鞠躬）。

孩」不會走到這樣的地步，畢竟我們是散播歡樂散播愛的前中年男孩團體啊！（唉呀，還有好多主婦要採訪，希望我們不要吵架！）

第二位主婦一樣由出版社同仁的母親擔任主角，這一次，我們要採訪的是力榛的媽媽姬瑩。採訪朋友的媽媽其實有一些壓力，很擔心我們採訪結束後，她會在餐桌上説：「這兩個男生好煩，以後不可以讓他們踏進家門一步喔。」

好緊張好緊張，但無論如何，不能回頭了，我與藝堂戰戰兢兢出發。

插曲#02

採訪完第一位主婦，我與藝堂、小歐檢討採訪流程，發現「問卷」是必須的。我事先準備好的訪綱，雖然適合採訪，但對藝堂而言，卻沒有辦法發揮功用——因為沒有預設好主婦的活動畫面，如果嚴重一點，甚至有可能錯過好的攝影時機。幸好小歐事前就告訴我們，她媽媽平日喜愛練氣功，外加Lauren健談、願意分享，我們才能拍攝到珍貴的畫面。於是，從第二次開始，我們便共同設計好問卷，希望讓採訪工作更加順利。

問卷對我而言非常重要，這樣一來，我與藝堂的工作才算真正「同步」，而不存在著誰先誰後的主從關係，文字必須要和攝影完美合體，才能夠發揮最大效果啊啊啊！不過，我彷彿也感受到男孩團體表面和平但私底下都在競爭人氣的真實面，希望「藝夏男

INTERVIEW #02

姬瑩教我的事

主婦不是沒意見，只是學會忍耐

採訪前夕，姬瑩的女兒力榛對我們說：「媽媽當志工以後（大概一年多），變滿多的，日常生活幾乎以志工服務為重心，她也自認家庭主婦當得很不及格了。」

幾年前，姬瑩罹患乳癌，經過一連串手術與化療，身子復原後，便開始積極投入TBCA（社團法人中華民國乳癌病友協會），除了擔任志工，在家的時間也經常與其他病友姊妹們通訊，互相慰藉、協助。

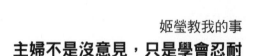

「我是長女，很早就學會煮飯了。」

某個晴天午後，我與藝堂登門造訪姬瑩的家。三十多坪的電梯公寓，一開門，就看見一扇帶著濃濃台味的日式玻璃屏風，原本以為上面是隻展翅飛翔的鳳凰，一直到拍照時，才認出原來是一隻鶴。

客廳旁有一間和室小房，門正緊閉著，而客廳茶几上的玻璃展示夾層則放著姬瑩先生服務的日商公司所致贈的卡片。

「妳媽媽是哈日族嗎？她不是還練習日本舞？」我問力棒，此刻，姬瑩從主臥室打開門走出來。

「我不是哈日族啦，那只是裝潢而已。」她說。她的氣色非常好，聲音宏亮。

「那麼，就要麻煩阿姨幫我們炒一盤蛋炒飯了。」我直接切入重點，畢竟這可是我們這一次採訪的指定活動啊。

「這其實不是我理想中的廚房。」姬瑩說，她一直希望有一個開放式的大廚房，能夠自在地大顯身手，這一間剛結婚就搬進來的公寓廚房，還是稍嫌小了點。她從冰箱拿出數個保鮮盒，一一擺在流理台上，裡頭是今天炒飯時會用到的食材：花椰菜、玉米筍、杏鮑菇切丁、三色蔬菜、青江菜切絲、打好的蛋汁等。

問她何時開始煮菜，她說：「我是家裡大姊，從小得照顧妹妹，所以很早就學會煮飯了。」姬瑩個子不高，但手腳俐落，同時起了兩個鍋子，一邊炒花椰菜、玉米筍，另一邊則開始爆香杏鮑菇、三色蔬菜、青江菜等。「右邊的菜是擺盤用的。我就喜歡浪漫一點。可惜廚房不夠大。」

環顧四周，所有器具整理得井然有序，我發現置物櫃上掛著烘焙專用的時間設定器，也發現層架上有一台咖啡機。「妳還會煮咖啡和烘焙喔，阿姨？」

她笑了笑，搖搖頭，「現在沒有在弄了啦！」手一邊指著旁邊陽台，說外頭還有許多烘焙器具，全都一件一件包好。生病之後，不像過去喜愛烘焙點心，但她不願意把器具丟掉，暗自期待著三個女兒與小兒子當中，至少有一個人會願意接收器具，變成和她一樣的廚藝高手。

「對了，我加一匙沙茶醬，我們家吃素，怕你們兩個大男生覺得太淡。」飯剛炒好，姬瑩便拿出白色的大盤子，「好久沒用這些盤子了。」她說，一邊細心地把蔬菜、蛋炒飯擺盤。

後來，我們就著客廳茶几吃將起來，藝堂問起一旁佛堂中的三尊仙佛擺設，姬瑩說：「我們全家都是信仰一貫道。」這佛堂是姬瑩先生的阿公開設所留下至今的，佛堂

平常供全家燒香叩首禮拜。

「我不是一個非常投入宗教的人，現在當志工，在協會做事，反而比較有熱情。」我們一邊聊著，一邊吃飯，她還沒吃完，便起身打開冰箱——裡頭整齊擺放著其他保鮮盒——取出一個裝著冰糖白木耳蓮子湯的大型保鮮盒，幫我們一碗一碗盛好。

「阿姨很會收納耶。」

「我媽以前有潔癖，現在已經是比較放鬆的狀態了。」力榛說，姬瑩害羞地附和，「唉呀，很亂啦，我只是亂藏東西而已。」

「這個炒飯真好吃。阿姨小時候就很會煮飯嗎？」

「對，但我小時候很討厭煮飯，因為別人在玩，我卻必須炒菜、做家事，或是照顧妹妹們。」

姬瑩的父親是鐵路局員工，母親則是服裝裁剪師，總是為了家計在成衣服裝工廠裡拚命裁剪著衣服。「我能夠理解爸媽辛苦，但我那時也只是個孩子，國中時得先送妹妹去國小才能去上學，弄得經常遲到，當然會埋怨為什麼我得犧牲自己的時間。」

她看了在旁邊用餐的長女力榛，又看了茶几夾層中那一張全家福照片——一對夫妻、三名女兒，與一名小兒子——忽然心疼地說：「那時我堅持長大後，絕不讓小孩受一樣的苦。不過後來生了孩子，也有家計因素，終究還是讓力榛也步上後塵。我想她一定也抱怨過，為什麼家裡一直都有年幼的孩子。」她的語氣沒有哀傷，十分平緩，那是一種「懂得」過後才能說出的口氣。

而結婚之後也是每天煮飯，這與小時候天天煮飯有何差異？「不一樣。每天睜開眼睛第一件事情，就想著要準備四個寶貝們的便當，很辛苦，但我不會抱怨，反而有成就感——啊，忘了提老公，他一定會吃醋。」

「每一個媳婦都在娘家與夫家之間的夾縫中，努力生活。」

說到老公，姬瑩有些害羞。會認識他，全拜一貫道道親安排。她記得當時道親拿著一張老公吹口琴的照片給她參考，她和家人瞧了瞧，心想一定是哪裡有問題才會用口琴遮。「見了本人，還發現真的有暴牙呢！」

原本不太合拍，也因為多次見面終於發現彼此優點，於是以結婚為前提交往，一一向對方細數自己的缺點之後，兩人才終於步入禮堂。

婚前，姬瑩是打字行的美工，有自己的薪水，個性開朗，是朋友們的開心果。婚後，由於先生是長子，當時尚年輕的公公婆婆也是第一次面臨外人走進家庭的局面，和她一樣都處在身分轉換的磨合期。人妻、媳婦、母親的身分忽然襲上，她才領悟有許多以前覺得理所當然的事情，終究得慢慢放棄。「我畢竟不是生在一個很摩登的時代。結婚後我才知道，每一個媳婦都在娘家與夫家之間的夾縫中，努力生活。」

於是，她全心投入家庭，學習當一名好媳婦、好太太、好媽媽，卻完全忘記自己的生活。

她看電視、上網學習新菜色，每一餐都讓家人大飽口福；她整理收納屋內大大小小的一切，就連餅乾、茶包、咖啡包等都分別裝入塑膠桶整齊擺好；她越來越少出門，偶爾與家人出門聚餐，就連搭乘捷運的時候，也緊跟在女兒身後，亦步亦趨，深怕自己迷失在複雜的捷運網絡之中。

「我總是叫自己忍，我要學習當一個沒有聲音的女人。」經過一連串的拉扯與自我説服，或許是媳婦熬成婆，或許是對於外在世界的嚮往已經完全被卸下了，她終於意識自己真正融入家庭，不再是當初那個剛嫁進來什麼都不懂的外人。

她環顧居家四周，這一個三十來坪的公寓，除了臥室之外，或許只有白天的客廳才是她的專屬空間。於是她開始精心設計，一會兒準備窗簾，一會兒敲敲打打安裝壁飾，就連住在樓下的公公婆婆都發現她有這天才，偶爾還會請她下樓打點家飾。

更多日子過去，兒女慢慢長大，她在四十五歲時，終於下定決心要重新找回屬於自己的生活。「我做了健康檢查，才發現我得乳癌。真是晴天霹靂。」原本打算重新開始

的生活，因為一場疾病而大亂，她一方面接受治療，另一方面卻陷入了失控的負面情緒漩渦之中。

康復後，甚至罹患恐慌症，終日被自殺陰影所籠罩，不得不求助身心科。「我要謝謝我老公，他每天上班再怎麼忙，都會打電話關心我，不讓我感到孤單。」

「有時候我會感謝自己生了這場病。」

生病之後，就算身體康復，過往的活力終究悄悄流失，再也不復以往。為了求生，她堅決對抗自殺念頭，卻又感到人生只是消極的聚合，沒有什麼值得努力的。如此灰暗痛苦的階段，卻在姬瑩加入TBCA之後，有了巨大的改變。

「病友姊妹們聽見我的痛苦遭遇，會得到慰藉，覺得自己沒那麼慘。當然，當我發現有人比我更痛苦，我也會認為自己沒資格抱怨，應該更努力一點。」就這樣，在姊妹們的攙扶之下，姬瑩慢慢地找回自信。

「我們會一起去爬山，不會排斥身體狀況不好的姊妹。我以前身體還虛弱，走得很慢時，也是有姊妹攙扶我。如今，我有力氣了，就換我去攙扶她。」

大病初癒之後，她只想活在當下，她說她不願再忍耐。採訪時，她偶爾端詳手機螢幕，回覆姊妹們的訊息，手指移動速度之快，眼神之精明，亦不像刻板印象中的主婦。

專心扮演近二十多年家庭主婦角色的她，內心總以為自己矮了其他職業婦女一截。「沒有收入，真的會讓自己覺得自卑。」幸好，她走出家門了。「以前剛出門時，我連走進捷運站都會緊張，深怕搭錯車，現在都可以帶著姊妹到處跑了。」

「以前我都說我媽是宅女，有時候還要拜託她出門。」力榛說。

「現在她還會拜託我不要出門呢。拜託，你們以為家庭主婦很閒喔。」姬瑩笑了，聊起自己在協會學習日本舞的經過，展示了幾張她們先前在大型舞台上演出的照片，笑著說：「有時候我真的感謝自己生了這場病，才能過自己想過的生活。」

詢問她是否願意穿起日式浴衣，拿起日本扇子入鏡，她羞赧拒絕，「唉呀，我最近久咳不癒，吃類固醇治療，身體胖了穿不進去啦。」笑著笑著，她又決定給自己一個機會，便回房整理。門後傳來她咳嗽的聲音，是乾咳，持續著很長的時間。

不久，當她走出房門，已經換了模樣，連髮飾都整理得很好，日式浴衣雖然有一些緊，卻絲毫不妨礙她的氣勢。

她不再咳嗽了，我暗示她喝杯水，她微笑啜飲幾口。我們繼續聊，藝堂準備燈具，拿起相機開始拍攝，姬瑩將平板電腦放在桌前，堅持一定要看著跳舞的姿勢，來思考拍照的Pose。「因為我必須尊重這件事情，不能一直亂擺。」

後來，我們聊著，問她是否能夠放鬆一點，拍攝其他稍微好玩的照片，她笑了笑，依舊是有些害羞但又立刻上手，被我們說服打開冰箱門與之合影。「唉呀，裡面很亂啦。」她隨手調整了瓶瓶罐罐的位置，不過在我們眼中看來那冰箱整齊無比。

拍攝告一段落，我們坐著聊天，她話鋒一轉，帶點感性的口氣說道：「我的內心已經放下了。以前，我都把假日留給孩子，但現在我要出門，因為將來我若不在了，他們的日子也得照樣過下去。我們不應該互相捆綁。」

我想起她炒飯時反覆提到想要一間大廚房的心願，忽然覺得姬瑩其實沒有完全放下，她還在忍。她心心念念著的，是每天每天，都為摯愛的老公與孩子們準備一個好吃的便當，讓別人看了會羨慕、想要吃一口的那種。

採訪結束，告別了姬瑩與力棒，我與藝堂搭乘電梯下樓。一樓到了，電梯門打開，迴廊上的日光燈有些疲憊，陰陰涼涼的，典型台北老電梯大廈的氣氛。沿著迴廊望出去，大門外的陽光正炙熱，明亮刺眼。

走出大門時，我們彷彿理解姬瑩走出家門時的心情。在陽光下知道要往哪裡走的人，才是自由的。

TASTE 02｜姬瑩的蛋炒飯

沒想到吃到的第二道蛋炒飯，一樣是素的！炒飯旁邊綴著花椰菜與玉米筍，用心的擺盤讓國民美食瞬間高級起來了。謝謝招待，真好吃！

第三位主婦是小歐的朋友美瑛，她平日在家幫忙老公處理公司事務，自己也接案翻譯，是很有才華的主婦。

根據問卷顯示，她煮飯口味非常清淡，此事讓我這個因為可以沾醬油而喜歡吃水餃的「呷重鹹欸郎」非常好奇。「清淡，是能夠多清淡呢？」這一道蛋炒飯絕對能為我展開全新的美食體驗，我好期待啊啊啊！

插曲#03

經過兩組採訪的磨練，我和藝堂慢慢抓準工作節奏，我們雖然沒有太多私交，但在工作的場合很有默契。

藝堂有一種讓人放鬆的親和氣質，在我採訪時，總能在旁邊幫腔，幫我問到很酷的答案，而我能做的，就是在他上工時擔任他的攝影小弟，同時確認他會不會因為流汗過多而昏倒。

天啊，藝堂拍照時整個額頭、頭皮都會冒汗，然後整件衣服都會濕掉！這真的太誇張了！我和小歐都說這是攝影之神正在發功，而看到他拍攝的照片，我更確定這件事情是真的。拍得好強！但我每次看到他拍照的樣子，都會忍不住想拿面紙幫他擦汗，但又怕他生氣會決定單飛出走而默默把面紙收進口袋。唉，人生實難。

INTERVIEW #03

美瑛教我的事

人生就是解決問題的過程

走進美瑛和先生Gary的家，採光良好，裝潢也有個性，展架上擺著Gary拍電影以來所獲得的獎座、獎牌；一隻胖胖的貓咪不怕生地朝我們走來，美瑛將之一把抱起，帶到隔壁房間，轉身對我們說：「要先炒飯嗎？我吃很淡喔。」

剛吃第一口，我和藝堂都覺得震撼，問她：「味道那麼淡可以嗎？」

美瑛理所當然地點點頭。Gary一旁說：「那換我上場吧。」於是由他炒了一盤櫻花蝦炒飯——味道重多了。

「我在圖書館，卻打電話告訴我媽說我去看電影。」

「妳的飲食習慣那麼清淡，是否和媽媽腎臟生病有關？」我問美瑛。

「爸媽還在時，我就吃很淡了。後來當然有可能因為擔心腎臟負荷而越吃越淡，但不一定。」美瑛回答問題很有條理，分析起自己行為，彷彿在分析一個他者。

「我爸媽做鋅鋁合金的加工生意，那算是稀有材質，可以用來製作機械的零件。他們過世後，我們家姊妹就賣掉股分，畢竟沒興趣。當時，我媽管理工人，我爸則負責材料進出和財務。我爸腦子比較清楚，我媽的人際關係比較好。我比較像我爸。」

「那妳覺得自己的人際關係好嗎？」我說完，忽然全場一陣靜默，幾秒過後大家都笑了出來。大家轉頭看著身旁的偉傑，他是美瑛的譯研所同學，知道我們來採訪，特地帶著蛋糕前來探班。

「為什麼要看我？」偉傑一臉無奈笑著說。

「朋友都來陪我，人際關係應該不錯吧。」

美瑛曾在家電公司上班，同事們常找她訴苦，但她總是冷冷的，繼續忙工作。「她們會問其他人為什麼我那麼冷？我只是覺得這是個人可以解決的事，身為同仁，不需要和她們多說什麼。」

「這是很理智的友誼交往。」

「我會判斷邏輯和問題背後的因。很多人都只看重果，然後繞著果打轉，或者也有人擁有多重價值觀，但我不行，我沒辦法說一套做一套。」這個性或許遺傳自美瑛的父親。「我爸是該怎樣就怎樣的人，這也衍生成我自己後來變成表格控，按表操課。」美瑛條理清晰，好幾次我以為自己正在採訪一名科學家。不過，太過理智的人，在人際關係的經營會很辛苦，我追問她：「一路走來有什麼領悟？」

「如果對方不知道自己要什麼，雙方相處起來就會很痛苦。他們來找我訴苦，我會躲，他們也會被我說的話傷害。姊姊們有時也覺得很受傷。聽別人說話時，我不太會被話語影響，反而會思考話語背後的癥結到底是什麼。」

Gary補充：「例如說，她朋友來找她哭訴老公外遇，人家只是需要惜惜就好，美瑛卻會分析是對方某個問題，才會導致老公有外遇，結果惹毛別人。」

「我後來發現這是缺點，因為我不太顧及別人的情緒。我認為情緒的背後其實是價值觀作祟，例如有人自己本身就有多重價值觀，遇到不同人就會以不同的價值標準面對，這對我來說很困擾，我不知道對方現在是以哪種價值觀看待事情，我自然也就不知該如何與對方溝通或相處。」

喜愛思考事情的本質、人和人之間的關係，這或許反應了美瑛對哲學的研究。大學

時，她讀國貿系，空閒時間都泡在圖書館，什麼都讀，偏愛哲學書。在圖書館看書或許沒什麼大不了，但美瑛總會打電話回家，告訴媽媽說她去看電影。直到有一次，同學對她說：「妳好奇怪，別人因為要去玩，所以打電話給家長說要去讀書，妳怎麼顛倒。」這才讓她發現自己和人不一樣。「媽媽覺得我太乖，應該多出去玩。」或許是不想違背母親，又怕麻煩，便直接以出去玩的理由搪塞過去了。

「打電話給媽媽騙說要交男朋友，但根本沒有！」Gary說。

「為什麼媽媽會很期待妳交男朋友？」

「我從小就是個無趣的小孩。以前很乖，乖到長輩會擔心的那一種，也替我安排了幾次相親，不過一直到我爸媽過世，都沒有看到我交男朋友，這是很遺憾的一件事情。我其實很享受一個人——」

「第一次去英國遊學時，我一直獨自走路，現在回想，那是解讀自己很好的過程。每個階段有不同題目，也有成長。我一直想去四國遍路，不過還沒存夠錢，但當初那樣獨自走路——自我安慰啦——也有點像是遍路吧。」

美瑛的關鍵字是「問題」，她詮釋人生的方式便是解決問題。問她如何在情緒與理智之間保持平衡，她說：「當然也會遇到不愉快、不如願的時候，人都有情緒，只是情緒過後，我會想要怎麼跳脱，當然就得處理。我認為解決問題是過好人生很重要的一個技能。」

「我們想要有一個簡單的婚禮，收紅包什麼的太麻煩了。」

投入職場後的美瑛，對自己有更深的期望。「我清楚我是乖乖牌，得把自己丟出去，成長速度才會快，於是決定先去英國遊學探探路，準備將來留學。」準備留學期間，因母親必須洗腎，美瑛與姊姊們商量後，決定放棄出國，留在台灣專心照顧母親，誰知道母親半年後便離世。

由於沒有辦理保留學籍，美瑛想著若是回英國便得重新開始，她回想起大學曾以日文為輔系，母親生前總囑咐她好好加強日文，便決定去日本。

「唸了一年語言學校，原本要回來，但一年對我來說沒有意義，太短。」美瑛決定進修，在日語教學與翻譯之間猶豫，之所以選擇翻譯，是因為脾氣。「我脾氣不太好，學生遇到我會很可憐。此外，翻譯可以做很久，只要眼睛不壞，可以做到八十歲。」

兩年後，美瑛從專門學校畢業返台，由於學歷在台灣未受認可，她又想確認自己的日文程度，便考了輔大譯研所。「我在日本就決定要走翻譯這條路，回來又考上了，這大概就是天命。」

「我記得妳之前說過，妳媽媽交代妳要有一技之長。」Gary說。

「不，那是我自己在日本的體悟。」

原來，在日本待了一年左右，美瑛看見路邊工地有位老伯扛著拆屋後的廢棄木柱，吃力地工作著。「我心想，我手無縛雞之力，要是沒有一技之長，以後就是那樣子了。那是我願意多留兩年的重要轉折。」

「阿伯說不定是神，特地來啟發妳。」我說。

對美瑛而言，翻譯工作除了帶來收入，更能讓她學到實用知識。「我在意的是我能從這一本書裡面得到什麼。我不翻譯文學類書籍，或許是我讀文學書的時間已經過了。」難道都不讀文學書了嗎？「從我的書架上判斷應該是沒有。」美瑛平日喜歡閱讀哲學作品，也曾翻譯兩本哲學相關書籍《思想的原點》和《去問哲學家吧》。「我沒辦法說很多理論，但我喜歡哲學的思考方式，某些理論我也可以理解。」

詢問美瑛在翻譯時的精神狀態，她回答：「做久了，就像喝水一樣，看著看著腦子裡就有東西跑出來。我都會說那是入定，就作者上身。」

「我從旁邊經過，或叫她，她都會嚇一跳。」Gary笑著補充。

「對，我聽不到其他人說話。」那種感覺就像是在一個沒有人打擾的空間裡，腦中聽到了聲音，而美瑛便將那些話語記錄下來。「很像乩童，字就會一直出來。」

翻譯過程有一大半時間得和自己相處，不像一般人認定得那麼輕鬆。「真的要坐得住才行。」但對一個擅長與自己相處的人而言，這似乎不是難題。

婚前美瑛住在三重，家裡有爸爸媽媽和四個姊姊，她是老么。後來，父母離開，姊姊結婚，她獨自在三重住了七八年。因為獨居，美瑛很保護自己，這樣的警覺已培養多年，出門不涉足危險場所，就連在網路上，也絕對不洩漏身分。

「但那張照片，是我唯一一次在網路上留言。」那是一張英國動畫角色《笑笑羊》寂寞背影的照片，拍攝者便是當時在遊戲公司擔任動畫導演的Gary。他買了《笑笑羊》玩偶拍照，上傳到網站去，誰知道便讓喜歡《笑笑羊》的美瑛逛到了。「我很保護自己，不過那時我忍不住一定要留言，告訴他那張照片真的很有感覺。」

「我們是網路交友。」原本美瑛想介紹Gary給朋友認識，因為他們年紀比較接近，但千想萬想終究敵不過緣分安排，兩人還是在一起了。

「我以前不知道她比我大。」Gary說。

「對，他不信，結果第一次見面我就給他看我的身分證，確認我真的是姊姊。」

「我們六月在網路上接話，八月見面，九月談到結婚，十月我就帶他回家給姊姊們看。」才短短兩三個月，便從網友談到結婚，進度會不會趕得太快？

原來，兩人原本就討厭婚禮的繁文縟節，光想到收紅包就讓人頭痛，聊天時，美瑛剛好提到法鼓山佛化婚禮，不料才開口，兩人就莫名其妙聊到彼此要不要結婚。「佛化婚禮一年辦一次，錯過就得再等一年。那就要賭了對不對？看是現在結，還是再等一年。我後來想，一個願意在神明面前和我結下誓言的人，應該不會是壞人吧。」於是他們十月便去申請，成為了聖嚴法師的最後一批弟子，在隔年一月十一日結婚。

「我相信每件事情存在都是有意義的。」

一個單身過得很好的人，為什麼要結婚？「我也想過這問題。那時我有個重要的體認：人生就是解決問題的過程，畢竟不是每一個人都可以過好單身生活，而我已經能夠過得很好了，我認為結婚或許是另一個解決問題的階段。」

「解決怎樣的問題？」

「如果有問題的話。」

「所以說結婚了，就會知道有沒有問題？」

「人都會有問題。人生是一連串的問題。很多人沒做好心理準備，所以婚前會不安，或婚後不適應。我當初也考慮很多，畢竟年紀差距大，我又單身那麼久，有辦法和這個人生活嗎？我用了很多試問法，像是我姊姊如果問我，我要怎樣回應她。自問自答的過程中，我便回答了為什麼要跳入婚姻的這個問題。既然我都已經回答了問題，也就不會在婚後才開始疑惑自己為什麼要走入婚姻。」

兩人結婚六年，美瑛並未因為Gary而改變吃飯的口味，而Gary也沒有為美瑛改變，我們聽了嘖嘖稱奇，這時美瑛說：「我有時候覺得我們是兩個室友住在一起的關係。」

問她結婚之後最大的失去是什麼？

「時間。婚前我常去法鼓山上課，婚後就沒有了，但不能怪他，很多時候是自己的問題。」

此時，美瑛、Gary與婆婆同住，問她婆媳之間相處情況，美瑛笑著說還好，磨合得很順利。Gary是獨子，父親生前身體不好，婆婆得持家，什麼都得管。「我一直試著讓婆婆理解，我不是一個可以被掌控的人。」

於是兩人從早餐究竟該幾點吃開始磨合，經過一連串溝通，才彼此適應了對方的生活習慣。「我和婆婆有兩個小時以上的時差，她要睡的時候，我可能才剛洗好澡，或是說她起床的時候，我還在睡。」

「那婆婆覺得如何？」

「公公不在了，我們接她過來一起住。她失去原本的舞台，會說以前在家什麼事情都是她管，但現在只需要管好自己，有點失落。我想這就是每個人階段性的問題，不過還好啦，她有時會去法鼓山聽課或參加法會。」

「無論是我媽媽腎臟病過世，還是我爸爸可能是用藥失當造成猛爆性肝炎而過世

（因為連醫師都無法確定，至今仍是個謎），都帶給我們家孩子很多學習。我相信每件事情存在都是有意義的，人們必須自問為什麼會碰到這件事情，也必須了解事情沒有絕對的好，也沒有絕對的壞。後來我認為，如果人要走，喝一口水也會走，用什麼藥其實也沒用。」

美瑛回答較為傷感的問題時，沒有太多表情起伏，從口氣之中讀得出那是一種坦然。也因為這種坦然，Gary立刻接了一句：「根據英國研究，任何人死前都有喝過一口水。」讓每個人都笑了。

美瑛從事翻譯多年，如今也協助Gary的電影事業，擔任監製的工作，問她是否想過有天若是可以換工作的話，她想做什麼？她說她想成為諮商師。「我學過深層溝通，類似催眠，那老師說我很適合，他看我的臉，就說我業障不算太重，但結婚後也沒再去了。我正在學塔羅牌。塔羅牌只是工具，藉由這個工具或是現象，協助對方瞭解自己、以及瞭解自己遇到的問題。我認為我如果做諮商工作，會做得很好，應該可以勝任的。」

美瑛每天都會抽一張牌，預測今天會發生什麼事，再仔細驗證。原本只是好玩，但Gary只要一抽到「塔」牌，就會發生令人錯愕的事情。「不知道為什麼，就是會先知道。」

「那幫我們算一下好了。」在一旁拍照的藝堂問，美瑛欣然同意，於是我們以塔羅牌詢問「藝夏男孩之後的發展」，待我們抽了牌，美瑛開始解說圖案，此刻她的表情和緩許多，稍微卸下了原本知性的重量，以不疾不徐的口氣，溫柔地向我們訴說未來的遭遇。

我想起美瑛第一本翻譯作品，是心靈工坊的《沙遊療法與表現療法》，內容描述如何透過沙遊療法讓自閉症兒童或是某些遇到障礙難關而無法以口語表達的人，得以訴說內心故事。

比對美瑛思索問題的樣子，再聽她解牌的口氣，我越來越篤定，一切是某種天命安排：為了解決問題，從翻譯文本到翻譯他人的緣分，這一名業餘哲學家將一直在路上，不會停下腳步。

TASTE 03 | 美瑛的蛋炒飯

這是我這輩子吃過最最最清淡的蛋炒飯，我相信就算經
過十五年、二十年，我也不可能會忘記這盤蛋炒飯的滋
味。太神奇了！

小歐說，另外她補充：「拍謝，我最近得趕稿，所以這次就由同事憶慈帶你們去喔！她是其中一位主婦Liv的老朋友，一切會很順利的。」

採訪當天，我們各自出發，與憶慈約在台南高鐵站（雖然Liv家在高雄，但離台南站比較近）見面，這也是我和藝堂第一次在外地出差過夜。有一點緊張啊，畢竟常常聽說好朋友一起出門旅行結果就會吵架撕破臉，希望老天保佑我們友誼長存，我絕對不會在他面前亂丟臭襪子或是放屁的。

插曲#04

先前三位主婦的居住地，分別是基隆、中和、三峽，基本上都在捷運或火車可以快速抵達的位置。其實，我曾想過可以出外景，例如去紐約哈林區採訪當地很會炸雞而且打扮時尚的主婦，或是去日本奈良的某個小鎮拜訪家裡養著鹿的阿姨之類的，不過遙遠的事還是想想就好，「主婦的午後時光」採訪計畫終究要以我們的家鄉台灣做為起點，我與藝堂也期待能夠透過這次計畫，去理解生活在台灣不同地區，可能對主婦造成哪些不同的影響。

「這一次，我幫你們找到兩位住在南部的主婦。下禮拜，你們就去高雄和嘉義吧。」

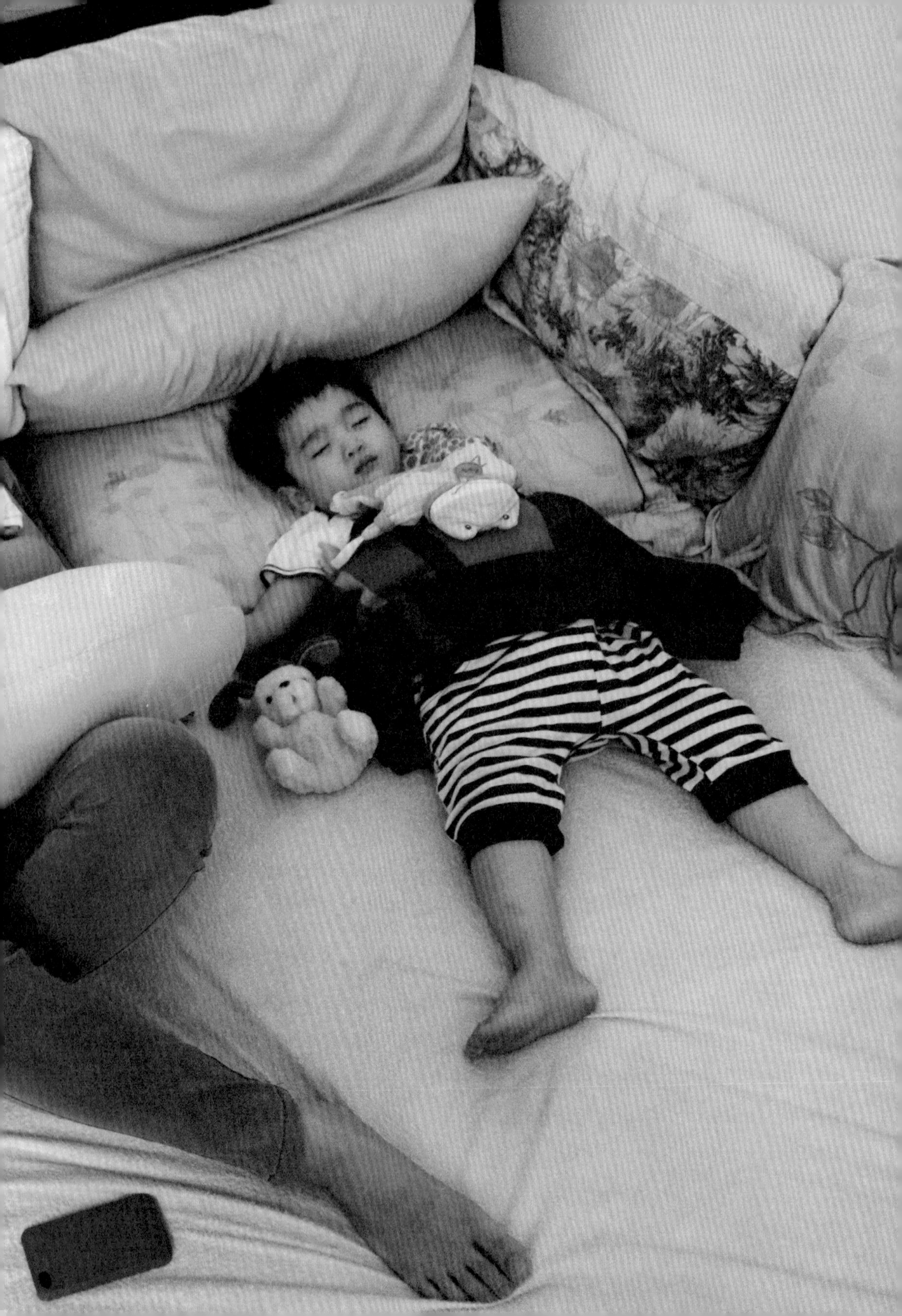

INTERVIEW #04

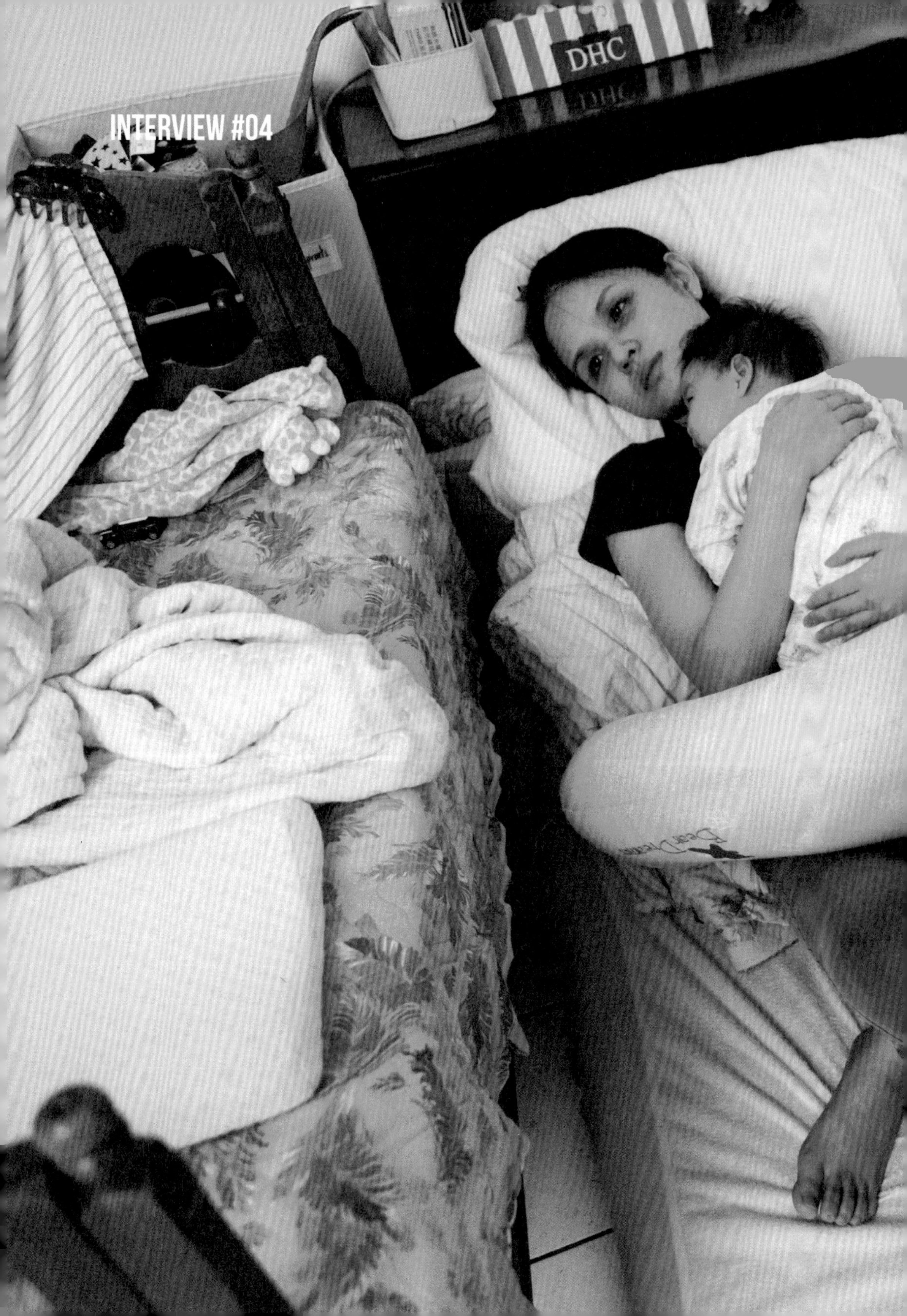

Liv教我的事

女生不是天生就會當媽媽

有一次，我睡到一半，床忽然震了一下，我微微張開雙眼，看見我媽坐在床邊，她仔細端詳我的臉，摸我的額頭，面帶憂慮地說：「為什麼你睡覺的時候會咬牙切齒？臉這麼繃？」

當下我只在心裡默想：「這位女士，讓我賴床一下好嗎？」但我理解，那是內心掛著某些事的時候，身體自然而然的反應。

與Liv初次見面，我便發現她臉頰線條緊繃，暗自猜想她可能與我一樣，習慣把壓力留給自己。

「我可以跟你好嗎?這個給你。」

那天下高鐵後不知道為什麼覺得很餓，於是我和藝堂、憶慈才一進門，便立刻央求Liv幫我們準備蛋炒飯。

此時，Liv神情些許慌張，原來她鮮少下廚。「我以前沒學過煮菜，都是之後在電視上看阿基師節目學的。」看她炒蛋炒飯的樣子，有點緊張，但那種在眾人面前有點想笑出來的尷尬，反而讓她卸下了心防。

此時，她的先生帶著大兒子「松」下樓來，一歲九個月的松，長得很可愛，活潑好動，很像是韓劇裡面的童星，積極地向我們展示手中的玩具或是家裡的寶物。

「小的在樓上，我請我媽先幫我帶。」小的，是松的妹妹「柔」。

之後，我們坐著吃飯，一邊聊起小朋友的事情。Liv的臉書上經常分享兒童繪本資訊，這或許也是她與老本行的聯繫。Liv原本從事出版，工作內容是電子書製作，在台灣電子書剛開始發展的時候，便與同事們積極為數位閱讀開疆闢土。後來，她搬回老家，那是位於高雄與台南之間的湖內，從高鐵台南站開車還需十五分鐘才能抵達。

「其實我很在意別人怎麼看我。」吃完炒飯後，Liv便談起她的故事。

自Liv有印象以來，全家人便過著四處租房的日子。在大同家電擔任南區經理的爸爸，搭上經濟起飛的熱潮，把一切交給工作，東奔西跑。「從我有記憶以來到國中的經驗是，我早上去學校他在睡覺，我晚上在睡覺他還沒回來，那個時代大家應該都是這樣子。」直到小學一年級，父母買了老家這棟房子，一家人才真正定居下來。

「以前會向媽媽學做菜嗎？」

「沒有，我媽叫我去看阿基師學。我媽覺得自己只是亂煮，我剛才也是亂煮。」

國小前，Liv的媽媽需照顧經常生病住院的爺爺，所以Liv常被送到外婆家住，國小二年級後媽媽要照顧奶奶和剛出生體弱的弟弟，使得Liv常被丟在家裡，爸媽找姑姑晚上過來陪她睡，而白天要上學，所以自己一個人下課回家，料理好自己一切事情後，就等姑姑晚上買飯回來給她吃。

國中畢業之後，又搬出去唸書，真正在家的時間，也只有國小到國中這短短幾年。在家裡的寂寞，不一定能夠透過與同儕相處來排解。「我不曉得耶，我好像很不會過團體生活。」從來不知道什麼是「小團體」的她，從國小起，卻因為經常無緣無故被排擠、霸凌，而習得其定義。

「國小二年級的時候，我拿東西去賄賂同學，請她們跟我做朋友。」

「小學二年級？」不只是我，連藝堂也跟著大叫出來。「對。然後同學就說：『好，我跟妳當朋友。』從那時候，我就很在乎別人怎麼看我。」Liv說。

囍

串珠可以換來一段友誼，飲料也可以，可是這些禮物永遠擋不住突來的膽顫心驚與不安，深怕聽見班上某一個意見領袖對其他人說：「我們不要跟她好了。」剛交到的朋友可能在放學前就背叛自己，每一次寒暄都是心理戰。雖然每兩年就換一次班，但學校小，班上同學換來換去差不多都那幾個，她始終脫逃不了被排擠的命運。

「我曾跟我媽說過要轉學，可是我媽那時候很忙，以前也比較沒有小朋友會求救的觀念。除了幫我和老師說之外，也沒有別的辦法。」Liv平淡地說，卻隱約能感受到情緒。「我小時候，甚至被同學用鐵湯匙燙過，就這裡，還有一個疤。」

她伸出手臂，我們不忍看。自然課時，一名男同學與她聊得很開心，忽然，他拿起酒精燈上烤著的湯匙，對著她說：「把手移開，不然我就燙妳。」Liv心想湯匙那麼燙，同學應該是開玩笑，於是便回了一句：「你敢燙嗎？」

然後，她的手臂多了一個十幾二十年都淡不了的疤痕。

「那時候感覺如何？」問完我忽然覺得自己好愚蠢。

「很痛啊！王八蛋！」聽到她這樣大罵，我反而安心一些。

「我也聽說隔壁班女生，因為不合別人的意，就被外面烙來的國中生抓花臉。」

「有些小朋友真的很邪惡。」

「真的很邪惡啊！」Liv激動地說，我們都笑了。

幸好，國小的陰影隨著畢業稍微遠去。從鄉下來到市區的國中就讀，學校人變多了，反而消淡了Liv擔心出鋒頭的恐懼。

「因為是自己要走的路，就會自我約束。」

「老師要我做什麼，我都不願意。國小的成績好，國中之後想說就隨便啦。」因為成績不好，Liv聯考失利，爸爸要她再去重考。然而，這兩次考試時她的身體狀況都不佳，應屆那一年是蕁麻疹全身發作，整張臉都發紅，重考那一年則是嚴重高燒。

「應該是心因性吧。」重考那一年她考上五專第一志願——高雄工專。因為成績很高，任何志願都可以填，加上大伯父是化學老師，於是爸爸就要她去念化工。

問她當時快樂嗎？她搖搖頭。「那不是我自己想要的路，加上本身有過敏，一進實驗室就會發作。」越是煩就越想放縱，她成天玩社團，成績越來越差，直到自己覺得受夠了，才重新考大學，終於考上銘傳的資訊傳播系。

「之後去讀銘傳就很順了吧？」

「對，因為是自己要的路，會自己約束自己。自己決定的事，一定做到好。」

「妳爸媽那時有反對嗎？」

「除非考上台大醫學系，不然我爸怎樣都不開心。但我沒有愧對自己。」或許是在傳統環境下長大，Liv的爸爸與女兒不是太親密，不知道如何表現關心，便用規範來表達：Liv婚前都還有門禁，只要晚上十點多還沒到家，爸爸便會站在門口等人。「我爸心裡可能會認定說，我去考大學，否定了他的一部分。像我現在再怎麼努力去做好，他還是會認為是當初我就是沒有聽他的話，才會沒有更好。」

大學畢業後，Liv在城邦出版集團上班，面對未知的電子書產業，努力克服眼前問題，也交到好朋友，找到自己的生活步調。休假的時候，她喜歡與山親近，曾一個人從菁桐走山路，一路走到十分。她喜歡這樣的自己。

當她在台北生活時，媽媽在家鄉照顧罹患失智症的奶奶，已有十多年。或許是傳統觀念根深蒂固，女人嫁到別人家，就要照顧丈夫的家人。

「我爸是家裡最小的，但奶奶後期都是我媽在照顧，她一定會有埋怨，因為一輩子的青春就葬在這裡。」光是為了不要讓身高一七二公分的奶奶因為長期臥病在床而長褥瘡，就可以想像瘦小的Liv媽媽有多辛苦。「會回南部，是為了我媽，我媽照顧奶奶這些年，產生的心理壓力可算是職業傷害了。」

回來南部，又是人生另一場整頓，Liv找了新工作，卻重新經歷兒時被霸凌的痛苦。

「老闆想要台大畢業的助理，所以他從不曾用正眼瞧我，我坐在他前面，他叫我永遠都是『欸妳這個助理』。」

原本想到澳洲打工渡假，也因為家裡的狀況而取消。奶奶過世隔一年，Liv的外公也

走了，「我媽很遺憾。我和外公、外婆感情比較好，我會覺得為什麼我懷孕的時候，外公就走了，為什麼他們沒看到孫子出生。」

「還是無法想像我當媽了。」

「等一下，妳和老公怎麼認識的？」

Liv的先生是她五專學長，一場意外的聯誼，兩人在台北重逢，而變成男女朋友。「還記得第一次在學校看到他，心想那個人那麼瘦，黑眼圈那麼重，是不是有吸毒？」

在交往兩年之後，學長在水餃店放影片向她求婚。此時的學長，正跟隨在松後面，一直看顧著他跑來跑去的，Liv的眼神雖然放在我們身上，但經常流轉，凝望著眼前這對父子。

「懷孕之後，生活有什麼改變？」

「我懷老大，一路孕吐到生。只要我媽在煮飯、煮魚，我一聞到就快受不了。」

「生完就好了？」

「對，生完瞬間就好了。月子餐一送來，什麼都能吃下去，很誇張。」

其實Liv從沒想過自己會當媽。她與爸爸並不親密，兩人之間鮮少有話題，「這樣嚴肅的家庭關係，讓我覺得組織家庭很難。為什麼組成家庭了，就得面對公婆或面對誰，這一切都好累。」原先，Liv以為結婚後會搬出來住，認為那是兩個人的生活，但當她與先生搬回老家，又有了小朋友，就是大家庭的生活了。

面對小孩子，Liv多是閱讀各種報導來學習，可是與家人相處的眉角，卻不是看報導就可以學會。「像我媽這樣，照顧長輩十幾年，現在又要照顧小孩，一定會覺得累。」小孩子雖然可愛，不過每天在家跑來跑去也增加家人的心理負擔，疲憊的人都有脾氣，而在家裡的脾氣，往往便會針對她而來。「為什麼我沒有三頭六臂，如果有的話，就不用去麻煩其他人。」她總這樣想。

偶爾，Liv會懷念當初一個人走去山上散步的時光，這樣的感觸在第二胎出生後，更深了一些。「一打二是一件很難的事，尤其是無法溝通的嬰兒。如果是雙胞胎，兩個會一起成長，我要追也是一起追。但是一隻還在餵奶，另一隻在那裡跑來跑去，我便會擔心無法照顧到小的生理發展狀態。」

「會想自己一個人？」

「常想，不過自從懷孕到現在，基本上都必須要跟人相處。」

「有想過小朋友長大之後，妳要如何教育他們嗎？」

「希望他們長大了以後，要做到對自己負責。」

「對自己負責」不僅是她從小到大的價值觀，也是她媽媽的。「我媽說想讓她永遠當保姆，門都沒有。她只能偶爾幫我。我以後可能也會和小孩說一樣的話。」

「妳和妳媽很像嗎？」

「某些個性上，是的。」

「妳媽也是一個好強的人嗎？」

「是，我媽是水瓶座的。但我是牡羊。」

採訪結束了，藝堂上工，開始幫Liv拍照。我在一旁觀看，偶爾提供援助。此時，Liv的媽媽下樓了，眼前的這一位婦女，眼神帶點疲憊，靜靜站在廚房的角落，看著這場拍攝工作。我想起先前採訪過的主婦姬瑩曾說過，她總是叫自己忍，要學習當一個沒有聲音的女人。眼前的這位婦人，是不是也是另一個姬瑩？

後來，我們到了育兒房，松和柔都已經睡著，櫃子上有一個大同寶寶，看起來很舊了，彷彿是守護神般看顧著這些孩子。那個公仔想必是Liv爸爸從公司取得的紀念品吧。Liv輕輕在床邊坐下，撫摸孩子們的側臉。藝堂請她抱起其中一個孩子，我從後面細細地看。就在Liv把孩子抱起來的瞬間，她原本緊繃的臉頰稍稍自在了些。

我想起我媽先前在床邊問我為何睡到咬牙切齒的場景，忽然好奇，在我張開眼睛之前，她臉上掛著什麼樣的表情……

TASTE 04｜Liv的蛋炒飯

聞起來很香，吃起來也不錯，樸實平淡之中，帶著淡淡的日常氣味，名符其實的料理新鮮人的炒飯，誠意滿點，讚。

一旁偷偷觀察她爸媽的生活方式，感覺難得。從計畫開跑那一天起，我與藝堂彷彿便有了與其他家庭的緣分，得以經常到他人家中拜訪，去感受陌生又親切的家庭風景。

回到飯店後，我與藝堂第一次有時間可以好好聊天，我們一邊檢討工作流程，一邊討論各自在工作與人生上遇到的困難，最後還一起打電動。雖然沒有成功推他入手機遊戲的坑，但是能夠在工作上享受這樣的閒暇，真是很愜意。

睡覺前，我用手機查詢明天要採訪的主婦資料，她認為自己是難民，有家歸不得。或許是枕頭有點硬，還是認床的緣故，那一夜，我失眠了。

正以一打二（小孩）的Liv，沒有太多休閒時間，她甚至還向我們示範如何一邊抱小孩一邊偷用時間拿手機上網，我看著她靈巧的動作，忽然領悟每一個母親想必都是身經百戰的功夫高手，太強了。採訪結束後，我們與Liv和她先生帶著松，一起到鄰近的公園散步。看著松在草地上奔跑的快樂模樣，忽然好羨慕他。

「上一次這樣自在玩耍，是什麼時候了呢？」我問自己。

離開Liv家後，我們搭乘高鐵前往嘉義。那天晚上，憶慈的爸爸媽媽招待我們去吃庭園餐廳的熱炒，之後還帶我們回他們家吃紅豆湯。我與藝堂聽著憶慈討論工作目標，我在

INTERVIEW #05

Yukiko教我的事

男孩也應該親近廚房

「對我來說，三一一之前和之後是完全不一樣的時間。」Yukiko說。

Yukiko是日本人，十年前來台灣讀書，發現台灣社會不像日本一樣，瀰漫著令人窒息的男女不平等觀念——日本有種說法：「女生是聖誕蛋糕，二十四號之前很受歡迎，只要到了二十五號（歲），就賣不出去了。」而台灣的公共空間對單身女性也友善得多，就連原本在日本不太敢自己去的吉野家，如今也能安心去吃。

「在日本的公共空間裡，有不同族群分布，我原本以為是用口袋有多少錢來區分，與經濟能力有關係，但其實不是，是性別。原來我不自在、不舒服，就是我一點都沒有被接納，這是我的心理創傷。」Yukiko停頓了一會，「一旦不被整個社會或空間接納，可是又很愛它的時候，傷口就會更深。」

「煮飯的人才會擔心，不煮飯的人通常無所謂。」

當初會來台灣，是因為Yukiko認識了一位二十九歲才正要準備去日本攻讀研究所的台灣女生，看著她的勇敢而獲得鼓舞，「為什麼台灣的社會可以讓快三十歲的女孩子還可以做自己，不用為了結婚而犧牲？」這才決定在台灣重新尋找自己的生存之道。

之後，她先學語言，並在台大研究空間與性別之間的關係，也因為參與社運而認識了老公，最終組成家庭，生了兩個男孩，還在家裡飼養烏龜和貓咪。

Yukiko家客廳牆壁上貼滿密密麻麻的社運貼紙，室內一台空氣清淨機則是嗡嗡運轉著。牆上有一面上頭寫著「PM2.5 bye bye／我不霾／我要好空氣」的布製旗幟。

尚未抵達嘉義時，我腦海浮現出不知從哪裡看到的畫面，那是從空中俯瞰嘉南平原時的風景，無論是農田還是山，都是顏色分明的綠。誰知道，當我和藝堂真真確確站在這片土地上，才發現遠方山丘都有朦朧之感，彷彿有層白紗蓋頂，說不上浪漫，反倒讓人有一種眼鏡閃光度數增加的錯覺。

由於嘉義霧霾嚴重，連山色都受到汙染，為了讓小孩看清楚什麼是山原本的顏色，Yukiko會帶他們去台東仔細研究。

其實，她家鄉的山也是很綠，很綠。

「能否談談妳的家鄉？」吃完炒飯後，我問Yukiko。

「我的家鄉在群馬縣，離福島有點距離，但因為爆炸時的風向還有地形，以及輻射雲飄來時的氣候緣故，還是受到了影響。」

「家鄉有被封鎖起來嗎？」

她搖搖頭。家鄉未遭封鎖，反而面臨更可怕的危機。核災發生後，有很多專家認為輻射危險說並不科學，尤其像Yukiko這樣非理工背景的人都不要插嘴。原本客觀的科學論述，在此時轉變為更考驗幽微人心中「信不信」的問題。

「相信政府的人，就繼續在那裡生活，就算身邊很多人死掉，也覺得那可能是自己個人的問題。不信的人，當然就離開。」當一切變成了信仰問題，那麼信與不信的兩端，便沒有對話的可能。

二〇一五年九月初，Yukiko終於回到自核災發生後便不曾返往的故鄉。「回去之後，據說離我們家走路大概五分鐘距離，一個三十幾歲的年輕鄰居，在七月中就沒有呼吸了。」Yukiko細數故鄉鄰居們的死傷，「一個四十幾歲的鄰居，也是八月突然過世。還有一位住在隔壁縣的親戚，還不到六十歲，也是去上班就沒有回來了，記得是血管破裂就突然死了。」每個月都有中年男性鄰居喪命，這件事情根本前所未聞。

踏上久違的故鄉，Yukiko內心害怕，除了面對鄰居們的壞消息，同時也發現壞事正發

生在家裡：親戚的腳疼痛難耐，卻找不到原因，甚至連牙齒也開始脫落。研究過核災相關資訊的人，或許可以猜測原因，但沒有相關知識的當地人卻只認為這是更年期或是個人習慣不好。她甚至發現自己與母親無法溝通此事。「她們認為大家都在忍耐了，而我待在遠方根本是局外人，憑什麼吵。」直到後來連續社區有兩個人突然去世，母親才開始覺得不對勁。

「我前幾天去日本秋田，也問朋友會不會擔心吃的東西，他們說政府應該會幫忙檢查啦，應該沒有問題，檢查過了就可以吃了。」藝堂開始分享他的經驗。

「很多人選擇相信政府，說服自己東西檢查過了，當然可以吃。如此一來，那些不願意買的人就變成了非國民。你愛不愛國？不愛國的人才不願意吃，你是左派嗎？左派是汙名化的詞，講你是左派，可能意味不愛國。」Yukiko解釋。

這樣的認知結構相當複雜，答案有可能是日本文化裡根深蒂固的「服從精神」。

「就是同質性非常地高，我想也和男子氣概有關係。」Yukiko補充，「過度擔心的多半是媽媽，因為媽媽是煮飯的人，如果煮出來的東西都是毒怎麼辦？不煮飯的人可能覺得沒差，說我什麼都吃啊，連小孩也吃了，我們都可以吃，為什麼你不行？」

「其實輻射污染是沒有辦法用既有的結構或既有的思考模式應付的，有毒就是有毒，又不是右派吃了就不會死。」Yukiko一臉無奈地說。「話說，我們嘉義離核一、核二廠直線距離差不多兩百四十公里，所以台灣發生核災的話我們一定……」Yukiko低聲說道。

「那我們就跑去屏東吧。」我說，叮咚，內心浮現一張台灣地圖。

「屏東也有核三廠啊，台灣非常悲慘。你們知道台灣本土離三個核電廠最遠的地方是哪裡嗎？」

「澎湖？花蓮吧？」藝堂說。

「離島除外。」

「台中？」我回答，欸，腦中這張台灣地圖感覺有點不可靠啊。

「愈來愈近了。再猜猜。」

「桃園，不會是桃園，應該是苗栗吧？」

「麥寮。」

「麥寮？」我和藝堂和憶慈叫出來。

「屏東空氣非常好，但是有核三廠，基隆那邊也空氣很好，可是離核一、核二很近，就是好的地方都蓋核電廠，離核電廠最遠的地方就蓋……」

「麥寮！六輕！」我想起讓《南風》一書中所揭露，危害台西村的六輕毒害。我盯著後方那面反霾旗，PM2.5現在應該正在我的呼吸範圍內，「我要吸入多少就會被毒害？

Yukiko家的空氣清淨機夠力嗎？」我暗自思索，或許回家後也應該買一台空氣清淨機。

「我想讓兒子們知道，這世界不是只有一套價值觀。」

每當與朋友討論想像中的世界末日，我往往一句：「就大家一起死啊，不然怎麼辦。」但這是我孤家寡人的念頭。我看著牆壁上的塗鴉，那些貼得滿滿的、與孩子一起度過的生活痕跡，忽然覺得不捨。我想起《世界就是這樣結束的》這本小說裡，那一枚由澳洲政府發放，用以讓人民自痛苦輻射病中解脫的紅色膠囊，還有書中那對剛生下女兒的夫婦對於這顆膠囊的反應。

唉，我終於讀懂了。

「政府還說核災發生時，人民健康不會馬上有問題。」

「不會馬上有問題，那是多久才會有問題？」藝堂問。

「他沒說多久。天啊，當社會發生災難，政府沒辦法負責任，就這樣簡單處理掉：放寬標準，然後說沒事，你們就得安心，然後再利用媒體說你這樣過度擔心是不愛國的，製造人心恐慌。透過攻擊手段讓人民閉嘴，再利用藝人吃受污染產品來當廣告。我好驚訝，這個國家竟然爛到這個程度，起初非常生氣，可是後來覺得生氣是沒有用

的。」

「所以是一種無力感嗎？」

「嗯，有種被國家遺棄的感覺，我們都是棄民，我們都是被遺棄的，人家根本不想保護你。」Yukiko的語氣低落，但眼神隨即一轉，說道：「可是小孩出生了，我必須要讓他活下去。罵國家沒有用，因為它不會改變，那等它改變，我兒子可能也二三十歲了，所以必須靠自己。」

「所以接下來，妳的人生目標就是要好好保護小朋友長大？」

「人生目標？我沒有特別想過欸，能活下去就差不多了。」

我想起Yukiko部落格上寫的這段話：「三一一後我變得像是個難民，時時刻刻尋找環境比較好的地方，時時刻刻尋找比較重視人民健康、生命安全的社區，時時刻刻尋找安全一點的食物，很想逃離只重視經濟發展，不在乎人民死活的地方。」

要如何讓自己與孩子好好活下去？Yukiko的答案或許是食物。

採訪過程中，除了炒飯之外，Yukiko也同時製作饅頭，她一面揉著麵團，一面告訴我們麵粉以及巧克力的產地，同時分析如果某食材有狀況，還可以使用哪些來替換。廚房裡每樣食材都經過嚴格挑選，原產地清清楚楚，沒有漏網之魚。此外，她也希望小孩子從小記住拿菜刀，揉麵糰的手感，於是推廣食育，希望他們親近廚房，去理解他們吃下肚子的到底是什麼樣的食材。

「那妳會想回家嗎？」我問。Yukiko計畫隔年要和老公帶孩子回日本一陣子，但不會接近關東。「其實是因為先生的關係才會回去。我沒有特別想回家的念頭。我只希望我的小孩不要把台灣主流社會價值觀當作絕對唯一，我來台灣已經十年了，有時候對這種主流價值觀感到厭煩，雖然我也討厭日本的主流社會價值觀，但至少可以讓小孩看到不同的社會型態，如果去別的地方當然也可以。」

後來，我們聊了許多關於孩子的事情，Yukiko也與我們分享食材以及做饅頭的祕訣。採訪告一段落，藝堂開始攝影，而我則在客廳角落，細細觀察小孩的玩具、照片和塗鴉。孕育生命的過程十分奇妙，但生命誕生成為獨立個體之後，陪著他們長大的感覺與責任想必更趨複雜、辛苦。「小孩子要花多少時間才會變成大人呢？」

藝堂的拍攝告一段落了，看著Yukiko的臉，我忽然想起有一個疑問未獲解決。那是剛才的一個問題，我換了說法重新再問一次：「Yukiko，所以妳想清楚自己的夢想了嗎？」

「夢想？」

「對，未來如果小朋友都長大了，妳可以自由做一件事情，也就是接下來的人生目標，妳有什麼想法？」

「啊，你剛才問過，我現在忽然想到答案了。我想煮飯給大家吃。我想在一個大家居住在一塊的空間裡，好好做菜給老人吃，給小朋友吃，讓他們好好吃一頓飯。」Yukiko不好意思地笑了，但我覺得這個夢想很大，大到足以洗去她一身疲憊的難民感，讓她更有力量去保護摯愛的人們。

TASTE 05｜Yukiko的蛋炒飯

紅蘿蔔與玉米很搭，濕度調配得剛剛好，十分順口，一個不小心就吃完一碗。食材都有履歷標籤，是可以大口安心吃下的料理！

是，一開始我們假設每一位主婦都會做蛋炒飯，其實也陷入刻板印象的陷阱。一方面，主婦可能不會煮飯，其二，主婦可能不愛煮飯。

曉露的問卷幫我們打開了一扇窗，也讓我們得以提醒自己：刻板印象太過狡猾，一個不小心，我們都可能變成加深刻板印象的幫凶而不自知。絕對要注意啊！

插曲#06

這一次要採訪的主婦曉露，是出版社同仁宛芳的女兒同班同學的媽媽。根據宛芳的說法，她覺得這位媽媽很特別，因為她像經紀人一般，善於安排小朋友的行程，讓兩個小朋友參加各式藝文活動，非常充實。

採訪之前，我、藝堂、小歐看著曉露繳回的問卷，忽然覺得好刺激，因為蛋炒飯那一欄標明著，她都是吃外食，可以用買的嗎？

「這實在太酷了。」藝堂說。

易碎物品
愛買線上購物

INTERVIEW #06

曉露教我的事
懂得接受，才能活出自由

「養小孩是很大的轉捩點。我不可能再像以前一樣，想做什麼就做什麼，完全會和小孩綁在一起。」曉露說。

我問她是否覺得遺憾，她的回答一如預料的隨遇而安：「不知道欸。就是我人生轉了很大的一個彎，我接受了。就這樣。」

採訪曉露那一天，我大遲到，抵達時藝堂和小歐正在勘景中，曉露指著桌上三個便當盒，有一點賊賊地笑著說：「蛋炒飯已經買好了。」

「所以平時妳都沒有做飯？對不對？」我打開便當，開動。

「我是個音癡，不會唱，只能演ㄚ鬟。」

「我從小就外食。我媽身體不好，比較少下廚，我們多半在外面吃。孩子還小時，我煮過一陣子，可是總覺得怪，因為我煮給他們吃，之後自己則會去買外食來吃。」

「為什麼？」

「外面的食物才是我吃習慣的食物。也曾考慮是不是乾脆一起買，或是乾脆一起煮，但我不想吃自己煮的東西，後來就決定一起吃外食。」

曉露在彰化出生，小時候，爸爸在紡織廠上班，負責調染料，而媽媽是家庭主婦。

「我的戶籍在南投，因為我媽和她婆婆有婆媳問題。我奶奶是個好奶奶，卻不是個好婆婆，那時我媽逼我爸搬到彰化。我出生時，爺爺奶奶還是要求我的戶籍得回去報。」

「我媽的原生家庭狀況比較複雜，而我爸在我三歲前就外遇搬出去了，導致我媽得了憂鬱症，在家大部分時間都躺在床上。」

「她把小孩當成籌碼，希望利用我們讓我爸回來，可是並沒有成功。」憂鬱的母親無法冷靜，也無法一個人同時照顧四個小孩，在頻繁的情緒勒索下，小孩子反而都看清真相，勸她離婚，但她拒絕。

當時的社會對心理疾病並沒有太多理解，於是曉露與其他兄弟們，只能默默承受來自於母親的壓力。「我們和她說：『很餓啊，想吃飯。』而她可能會躺到八、九點才醒來，那時候我們已經不餓了。後來就直接拿錢出去買外食，畢竟我媽煮飯的時間很奇怪，不是躺在床上就是跑出去喝酒，作息很不規律。」

失衡的家庭功能，讓孩子們嘗到許多苦果。「我們本來就不是在充滿愛的家庭中長大，行為上就會有些暴力傾向。比如說，我們若有人坐在那邊看電視，但如果別人也想看，就會把原本在看的人給踹走，而且是真的用力地踹。」曉露國小五、六年級的時候，曾在日記上寫「我覺得今天被我哥哥踹好痛、好討厭」這類的句子，隔天還引來老師關心，曉露卻只在想：「這是什麼多特別的事情嗎？」

「妳現在和兄弟之間，有保持聯繫嗎？」

「沒有，但我們在臉書上因為玩遊戲的關係所以有加朋友。」

「是需要他給妳寶石嗎？」

「是他需要好嗎！他沒什麼朋友，只好來加我。」

「我一直相信家庭的組合本身沒有邏輯，有時候是很荒謬的。」

「對，你是被生下來的，不是自己挑的。」

從小到大，曉露便過著獨立的日子，小學的時候，她自己找鄰居小朋友玩，自己買飯吃。到了國中，曉露放學後便在外做家庭代工，塑膠製品、風鈴、包包背飾，或是貼假鑽，一律難不倒她。她總在外頭待到不能再待為止才回家，睡不著的時候，便熬夜閱

讀漫畫與小說。媽媽活在自己的世界，不一定知道她的狀況，哥哥們也與她相仿，「我不知道回家時哥哥會不會在家，我們都像是住在旅館的人。」

因為日夜顛倒，曉露國中時常在班上睡覺。後來，曉露「不小心」考到了升學主義掛帥的好學校，「我成績很差，學校總覺得考不好的人都是渣。」同學們聊考試分數，聊女孩子喜愛的飾品，曉露都插不上話。漸漸的，曉露在班上被當成空氣，成了隱形人。

那時，她白天上課，晚上到漫畫出租店打工到十點，之後便回宿舍繼續閱讀小說和漫畫。「宿舍十二點熄燈，之後就不能做任何事，只能躺在床上，我就聽ＣＤ聽到三點才睡。那時候ＣＤ很貴，我有很多張，室友還以為我很有錢，但真相是我晚上都睡不著，不聽ＣＤ我實在不知道該怎麼辦。」

高二那年，她休學一年到便利商店打工，復學之後，就靠著工作那年存起來的錢好好讀書，在沒有打工的狀況下，成績提升了，一次就考到國立前段大學中文系。

大學時，曉露住在學校宿舍，平日在二手書店打工，後來，為了做戲曲研究報告而接觸了學校的相關社團，由於正妹學姊的誠摯邀約，她便加入了崑曲研究社，也因為自己是音癡的緣故，她總是演丫鬟。「我沒辦法唱戲，就只能演，在旁邊說：『好。對。是。』偶爾需要唱一下，但我都說服自己不要走音就好了，唱得差一點沒有關係。我覺得崑曲本身還滿美的，那就留下來吧，反正唱崑曲也沒有什麼不好。」

後來我才知道曉露之所以喜歡崑曲，是因為它聽起來不會太吵。「你剛才還沒到的時候，曉露說她很怕吵，連打電動都會調成無聲。」藝堂對我說。

「我和大家的價值觀是相反的。」

電玩，從大學起便在曉露的人生扮演重要角色，甚至也成為她與先生的媒人：夫妻倆因為電玩《明星志願》認識，在網路世界聊了一陣子，討論如何安排藝人通告、培養新秀的攻略。就在彼此愛意滋長之後，才決定展開兩人生活。

「醫生本來說我是不能懷孕的。」曉露的體質很難懷孕，容易流產，能夠懷孕讓她十分驚喜、卻也讓她吃足苦頭。幸好，女兒與兒子的生產過程都很順利。

《明星志願》這款遊戲或許呼應了曉露的日常。當初打算採訪曉露，便是因為宛芳介紹曉露時，提到曉露就像是經紀人一樣，擅長安排小朋友去參加各式課外活動，彷彿安排各類通告。「其實我不擅長和小孩子相處，如果跟他們一起關在家，就一定要跟他們相處，把他們帶出去就可以避免這種尷尬。」

「不擅長和小朋友相處？」我在腦海思索曉露的臉書內容，發現了矛盾之處，因為根據我自己判斷，她與孩子之間像是朋友，十分親密。

「我在一個充滿負能量的家庭長大，我爸媽講話都很難聽，我也常用三字經罵人，我沒辦法像其他大人一樣用可愛口吻對小朋友說話。我只能用和大人講話的方式與他們對話，其他人聽了，往往覺得奇怪。」此外，曉露也無法容忍小孩子熱愛重複，「我明白小孩子需要反覆操作去練習生活的技能，但我真的受不了，比如說玩家家酒，我沒辦法陪他們喝十九杯咖啡，吃二十三次蛋糕，我沒辦法假裝，我會暴怒。」

「妳曾想過小朋友以後長大，會是什麼樣子嗎？」

「沒有，隨便他們，我也就是很隨便那種的。」

雖然嘴巴說隨便，曉露的愛其實很濃烈，她不願意讓自己遭遇過的不快樂，在小朋友身上重演。害怕重複，又不想在小朋友的世界裡缺席，於是曉露經常帶著小朋友報名各式不同活動，動態的與靜態的都有。雖然我經常在臉書上看見她書寫兒子龍捲風和女兒小芝心調皮搗蛋的記事，但那樣的碎嘴都透過文字與照片，成為內容豐富的成長日記。這些、那些，都是小時候的她不曾得到的。「妳小時候會覺得悲傷嗎？」

「有一陣子感到滿寂寞的，因為沒有伴。」

「以前被排擠的時候，妳會很難過嗎？」

「我難過的不是被排擠這件事情，而是我很討厭過度重視成績。很多同學和老師都是從小在很在意成績的家庭長大，所以對他們來講，在意成績是理所當然的事。而我不是，我家根本沒有人在意，對我來說成績好壞其實沒有什麼特別的。」這樣的感受，在

I don't want to be a genius ~
I have enough problems just trying to be a

曉露自己當上家長後更加強烈。

原本，她讓小朋友就讀婆家附近的國小，但孩子一上學，曉露就發現學校升學主義太重。於是不到兩個禮拜的時間，便安排了轉學。「我自己是很自由自在無拘無束長大的，對我而言，在意不在意成績是自己的事，不該由上面的人來影響我。」

採訪結束後，我問曉露以前最喜歡哪一部漫畫。「《NANA》，因為它是一個透明的故事。裡面的人物，有一種淡淡的悲傷，是透明的。看了會有點難過，但這種悲傷並不厚重，而是很大、很薄，像空氣一樣的那種。」

我看著曉露的臉，她總是不時露出賊賊的笑，像是老朋友一樣，讓人很安心，而此時她的語氣卻不太一樣。我曾在某一個朋友臉上見過類似的表情，那是跨越過許多痛苦之後，原本以為安心了，卻忽然感受到某種微小的痛覺，像是提醒著痛還存在著一般。

此時，藝堂詢問曉露是否還留著當時演崑曲的衣服，曉露拿出一套粉紅色的戲服，並在我們央求下重新穿上。後來，她走進電腦房，向我們展示《明星志願》的遊戲。

夕陽的光正灑進窗戶，她打開電腦，桌面是一張她粉墨登場的照片。螢幕裡外的她凝望彼此，已是幾年時光過去。我沿著書房望去，牆邊書櫃上塞滿了兒童繪本，地上有許多玩具，面對這些日常的家庭景象，我忽然很想對曉露說一聲：「妳辛苦了。」

TASTE 06｜曉露的蛋炒飯

這個便當盒和我家那邊的小吃攤拿來包炒飯的便當盒，看起來根本一模一樣啊！有沒有全台灣的小吃攤都用一樣便當盒的八卦？

還是「未夠班」，看來，以後我得啟動每天大量說台語的練習了。

話說，那天採訪結束後，順聽幫我們準備了七堵的名產「臭粿仔湯」，打開外帶塑膠袋包裝之前，他露齒微笑，問我們有沒有吃過這一味。我們搖搖頭，他說：「這個很驚人喔。要有心理準備！」

當他打開塑膠袋上的結的那一剎那，我忽然覺得這世界實在是無奇不有，我除了台語說得很爛之外，對於味覺的接受程度，實在也是未夠班啊啊啊啊啊啊啊啊啊啊啊啊。但藝堂和小歐都吃完了。我衷心佩服。

接下來我們要採訪的主婦，是小說家鄭順聰的岳母，她與家人住在七堵，那正是我從未去過的地方，再加上是友人的姻親，我更是期待了。

採訪當天，當我第一次見到寶貴阿姨與她先生，忽然興奮不已，因為他們都說台語。天啊，我每天下班陪我媽看民視八點檔重播，在內心默念那些台語台詞的時光，總算沒有白費。這一次，我一定要大展身手，好好地用台語來採訪寶貴阿姨和她老公，說不定，之後還可以去台語電台主持節目！

採訪前，我懷抱著雄心壯志，但那一天採訪完之後，我全身癱軟，領悟自己的台語太差，聽起來卡卡的，而且很多話都還是說完之後，才發現是硬從國語翻過來的。我實在

INTERVIEW #07

寶貴阿姨教我的事

牽著手撐起家，彼此扶持的幸福

「還沒認識蔡伯伯之前，阿姨對於婚姻有什麼看法？」

「那時最怕嫁給礦工。我們家姊妹都說我們家是做生意的，以後不要嫁給生意人，也不要嫁給做礦工的，其他都好。」寶貴阿姨說完，眼神帶著笑意凝視著先生。

寶貴阿姨出身五堵一間雜貨店，店內販售著炸粿、麵、自家製作的枝仔冰等各式民生用品，生意興隆，但寶貴阿姨沒有在家裡幫忙，選擇到工廠上班。

那時，她還未滿十六歲，在台北市延吉街的福華紡織廠工作，擔任管理職務。「差不多十六歲，那時候叫做養成工，滿十六歲才會有保險，沒有十六歲就沒有。那時一天可以賺八塊，錢比現在的大。中間有休息一段時間，我工作到結婚的時候才沒有做。」

寶貴阿姨淡淡地補充：「後來老闆被員工殺了，有員工不服他。大概是四十年前的事情了，很大間的工廠，裡面的員工好幾千個呢。」

「連我妹妹都說他是Ace胚！」

「欸，其實我爸爸就是礦坑領班，負責修理台車。」寶貴阿姨說。看我露出狐疑臉色，寶貴阿姨的先生蔡伯伯立刻補充：「每出一台車，領班就可以抽錢，工人不夠就去叫人來，維修也要處理。」

我追問阿姨為什麼最不願嫁給礦工？蔡伯伯則幫忙回答：「礦坑內災變太多，不是塌下來不然就是爆炸，死傷都很慘重。挖得太深還會鑽到河底，水若是跑進礦坑，工人就會全部淹死。礦坑斜度斜，台車一碰到、脱節了，很容易就整個坍塌。古早人講一句話，跑船開車三分命，這些工作很多意外，但做礦坑比外面做工危險，所以他們多半今朝有酒今朝醉，九份就是這樣來的。」

「那為什麼會怕嫁給做生意的？」

「做生意全家忙，上班只忙一人。但做生意的好處是週轉容易，收入比較豐厚。」不願嫁給礦工，也不願意嫁給做生意的人，最後，寶貴阿姨找到了蔡伯伯。我看著眼前這對默契十足的夫妻，詢問他們相識的過程，寶貴阿姨害羞不答，以眼神向蔡伯伯求救，他微笑地回答：「我姑姑的孫女是她的同事，介紹我們兩個認識。」

當時，寶貴阿姨還不知道，眼前的這一位蔡先生，是來自基隆七堵的望族。「後來訂婚了，他跟我說他家有大、二、三、四哥；大、二、三、四、五、六、七姊，我不知道他在說什麼，以為他在說故事給我聽。」原來，蔡伯伯排行第十二，上有四個哥哥與七個姊姊；而寶貴阿姨家裡也不遑多讓，一共有四個兄弟、四個姊妹。

「那個時候，基隆商工、明德國中——本來是基隆市立一中——附近大部分土地都是我們蔡家的，可是政府徵收一坪地才給七塊九毛，但你又沒有辦法拒絕。」

兩人認識時，蔡伯伯正在報關行當伙計，報關行當時正興旺，每天出門都有固定利潤，「反正油水很多啦，出門就有錢。」蔡伯伯豪氣地說起報關行與海關之間往來的故事，說了許多祕辛，之後還不忘帶回主題：「那時候常去不同口味的餐廳嘗鮮。」

一開始，蔡伯伯沒有摩托車，兩人總是坐車到台北延吉街，之後再去育達商職附近的中崙市場逛逛。後來，他買了一台Honda機車，便載著她到台北圓環那一帶約會。

「那時候去台北圓環吃火鍋，是我第一次吃火鍋。」阿姨說道。

「以前都沒有吃過？」

「沒有。第一次吃火鍋，還帶三個妹妹一起去。妹妹看他的反應與舉止很穩健，稱讚他是Ace胚。」（註：撲克牌遊戲的牌型，胚指pair，Ace Pair最大。）

原本寶貴阿姨還有一個相親的對象，她依稀記得對方家裡的門牌是一號，「在工廠，別人多少會介紹。我哥哥騎摩托車去找他家在哪兒，找半天，說他家在深山裡頭，門牌一號還在山頂上，實在太遠了，我哥哥嚇一跳，就說我不可以和那個相親對象在一起。」

提到陳年往事，寶貴阿姨有點害羞地說：「跟他交往差不多半年就結婚。那候二十五歲就算晚婚，怕嫁不出去，想說兩人興趣相投、講話有合，媒人來提親就答應了。」

「冥冥之中注定的。我在台南當兵時，去北港朝天宮抽籤，神明告訴我說，三十歲結婚比較適合，所以我一直堅持！」蔡伯伯說完，忽然有點愧疚地笑著說：「如果土地不被徵收的話，我今天也是個大財主。以前徵收價格七塊九毛，現在徵收價格十幾萬應該是沒問題，總共隨便數也有幾萬坪咧，如果分到我應該是可以分上億啦。」

蔡伯伯這番話雖然帶點玩笑口氣，但聽來令人感動，因為這正是一個男人心疼妻子，為她錯失了可能更好的生活而感到虧欠的真心反應。

「那時候家人還說，沒看過妳朋友那麼多過。」

一九七二年，兩人結婚了；隔年，兩人迎接了第一個孩子。那時候坐月子有許多規矩，不能隨意洗頭、吃東西也得遵守傳統，對於婦女而言也是一場折磨。「我們結婚時，婆婆已經七十幾歲了，生老大的時候坐月子，因為婆婆要求食材新鮮，雞要當天早上才殺，都嘛很晚才有飯吃，常常餓肚子。生老二時，婆婆年紀更大，所以我就回娘家；第三胎誕生前，不幸公公往生，便也回娘家去坐月子。」

之後，適逢三合院舊屋拆除，改建為公寓，與二哥一家在外合租：「老大六個月大的時候，我們還住在舊三合院，沒有冷氣，而且只有一間房間喔。剛好他自己創業，日子過得很辛苦。有一天他不在，老大發燒，我懷老二，身邊沒有錢，開口向二嫂借一千塊，結果那一張千元紙鈔好像發霉，根本就是放著沒有用的樣子。我接過錢的時候心裡一酸，想說自己沒錢，可是人家的錢都放著沒用，還收到草蓆下放到發霉。」

當時蔡伯伯自己出來創業，創業前，他在報關行本薪兩千八，加上外快，實際可得一萬多塊，但創業之後，每月薪資五千多元。創業維艱，妻子全力支持，然而提到當時的景況，寶貴阿姨依舊記憶深刻，「我們大女兒小時候很辛苦，沒有紙尿布，因為我家是做生意的，就拿著一些塑膠袋，回來幫她包。那時候沒有尿布，都嘛是用布縫一下再洗。直到有一天，婆婆看不過去，就買一片給我們。但我們都捨不得買。」

說起孩子，寶貴阿姨滔滔不絕。為了讓孩子讀好學校，夫妻倆費盡苦心，每天早上五點起床做便當。聊著聊著，她忽然說了一句：「我曾經背著孩子跳火車！」我和藝堂、小歐都嚇到了。但蔡伯伯不慌不忙地接話：「很多郎（人）攏（都）有跳過，我也跳過啊。」

「我是背孩子跳耶！」

「是啦，背孩子比較重。」蔡伯伯的口氣溫柔起來。

「那時是因為我去台北後車站找他，結果找不到，回來到七堵火車站，誤搭快車，七堵不停靠。我發現車子過站，就碰一聲跳下來，整個腿軟掉，那時候我還背著一個小孩。好險剛好火車站在修理，火車開得比較慢。」說完，寶貴阿姨大笑起來。

「那時候車速應該很慢吧？」我問她。

「是啦，但車嘛是直直駛啊。」

「哈，還是很厲害，可以出國比賽啊！」

等到孩子升上國中，阿姨決定重返職場，她先在附近小工廠做一段時間，「好像去到哪座工廠就倒到哪（笑），後來去親戚開的超市上班，那間之後也被頂好接收。」

然而，二〇〇〇年時，她在公司受了重傷。

「我們正在處理貨物，整個小組一起弄，因為沒有處理好，整台車倒下來把我壓傷。那時候傷勢很嚴重，我心裡想說只要錢可以解決，再多我都要花下去。」於是蔡伯伯把一張雙人床搬到樓下的客廳，讓妻子可以躺下，同時也打了很多支鑰匙放窗邊，這樣一來，只要有人到訪，便請他們自己拿鑰匙開門。

「很無奈，躺在那裡很痛苦，完全不能動。那是我人生最低潮的時候。」幸好，在家人與朋友的照顧之下，寶貴阿姨走出了陰霾，重拾歡笑，關鍵則是家中那台卡拉OK機。

「家人還說沒看過我朋友那麼多過，因為躺在那裡大家都會來探望，家裡剛好有一台卡拉OK，朋友來就順便唱歌陪我。那時候傷到腳，只是不能走，歌可以唱、飯也吃得下。」

最低潮的時候，蔡伯伯陪著寶貴阿姨走過。不料，二〇一一年，蔡伯伯因C型肝炎引發淋巴癌，脾臟腫大，白血球指數又過低。這一次，則換寶貴阿姨當他的靠山，而大女兒也辭職專心照顧父親，向醫藥線記者朋友四處打聽良醫與最佳療法。

「他因為脾臟腫大，血小板不足，醫生建議開刀。孩子認為他年紀大了，不適合動手術，先吃藥提升血小板數量，每天一顆藥，高達一千五百元。但吃藥效果不彰，最後還是開刀切除脾臟，他真的很勇敢！」阿姨心疼地說：「晚上他睡床上，我打地鋪，只要他一動，我就會驚醒。從醫院回來時，我晚上都要一直起來，很怕他跌倒。」

穿過了幽暗的山谷，寶貴阿姨和蔡伯伯看見了光，成為彼此最忠實的守護者。天氣溫暖的時候，他們會一起換上帽子和雨衣，到附近山坡上種菜。如果沒有太多事情要忙，阿姨會拿起麥克風唱歌，而蔡伯伯則是在旁邊陪著。我看著他們兩人幸福的模樣，覺得心頭溫暖。人生在世能夠找到一個默契十足，可以隨時接話，有危難時又願意留下互相照顧的人，有多麼困難。

「我真的好羨慕你們。」但我沒有說出口，因為我知道，眼前的幸福其實得來不易，其中摻雜了好多好多的責任與義務，還有那些幽微細膩的、名為一家人的羈絆。

TASTE 07｜寶貴阿姨的蛋炒飯

仔細看看這張照片，我想問你們一個嚴肅的問題：「你們這輩子真的吃過蝦仁炒飯嗎？」那個蝦仁是有健身過嗎，為什麼那麼大隻？

我與藝堂、小歐在捷運站集合後，搭上計程車，在雨中抵達了秋菊的家。我們撐著傘站在雨中，空氣中的濕氣貼上皮膚，讓人興起淡淡的哀愁之感。

「我朋友的媽媽很酷。」藝堂這樣說。

我點點頭，心裡惦記著前天晚上看到的問卷內容：秋菊正打算離婚。不，應該說，她心裡認定自己已經離婚，而那一張紙，管它有沒有雙方簽名，早就無所謂了。

小歐按下門鈴，對講機傳來開門的聲響，與先前採訪時的緊張不同，今天我有一點不知所措，但還是邁開步伐，而在那扇門後等著我們的，是秋菊、Hikky，以及秋菊的先生……

後來，我問寶貴阿姨除了唱歌之外，平日的消遣是什麼，她先歪著頭想一想，告訴我們她喜歡在廚房一邊做菜、一邊收聽收音機。我心頭一驚，因為我的老媽也有相同的習慣。但與寶貴阿姨不同，她多半的時間都獨自在家——老爸和老哥人在中國，而我則是把家當成旅館，除了吃早餐與睡覺之外，其他時間都在外奔忙。採訪結束後，藝堂邀請阿姨坐在廚房椅子上抱著收音機，阿伯仍舊站在一旁靜靜守候，而我的心神則回到桃園老家的廚房，想知道我那年齡與寶貴阿姨相仿的老媽，此時此刻正在廣播上聽著哪些歌曲。

接下來要採訪的主婦，是藝堂朋友Hikky的母親秋菊。她曾在中央研究院的圖書館工作，也曾經陪著轉調日本的先生一起在異鄉生活。

INTERVIEW #08

秋菊教我的事

為自己保留吃一顆維他命的時間

「我好像沒有完全的自我。」秋菊說。

「是什麼時候清楚意識到這件事的？」

「四十六還四十七歲時，我先生那時一直外派輪調，我在想我的人生難道就這樣過了嗎？我必須去做自己想要做的事。很可能是女人到了這個年紀，都會歷經這種事吧？」

每一天，秋菊睜開雙眼，等著她的便是滿滿的照護行程：有時帶著中風的先生去復健，有時則帶著患有老年痴呆症的爸爸去醫院，在家整理家務、協助先生復健，往往是從早上七點一路忙到晚上十二點為止，才能拖著疲憊的身軀入眠。

「妳有吃維他命嘛？」我擔心地問。

「連吃維他命的時間都沒有，每天都很累。」她苦笑。

「從小到大有很多事，我都是一個人去做。」

秋菊的家中陳設，物件不多，看得出都經過挑選，美感上很平均，很有日劇當中的生活感。後來才知道，原來先生調派到日本時，全家也一起過去，而她在當地考進攝影學校學習，摸索了視覺藝術之美。

客廳有一座通往閣樓的樓梯，迴旋扶手上掛著一些繩索與道具，原來，那便是秋菊為中風的先生所設計出來的復健道具。我看了看，覺得熟悉，因為老爸先前中風的時候，我媽也設計了類似的器材。

問她如何設計出那些輔具，「走路時，他會用手的力量去撐，而不是用腳的力量去走，有很多小地方得先想過，然後糾正他。我比較殘忍，他病後六個月回家來時是用拐杖，身體是歪的，我便狠下心，不准他用拐杖，要他自己站著走。那很痛苦，不能讓病人覺得自己是病人，要讓他好起來，就得先摧毀他的頑固。他那時候會跌倒在地下爬，看起來像蟲那樣；現在就不用靠枴杖，跨過了那個階段，但他還是會害怕。」

「這中間不能有同情和感情，一旦有了就會心軟，就會無法再繼續下去。」秋菊無奈地說。

「我媽說過幾乎一樣的話，我爸爸那時候走路也很不方便。」

話題沉重，秋菊招呼我們先吃蛋炒飯，我們邊吃邊分享生活近況。後來，她談起了童年。

秋菊家有六個小孩，她排行老大，父親是台大職員，母親則是家管。從小，他們住在台大校區。「我是民國三十八年生的，那時候台灣資源很少，公務員宿舍是用實驗室隔的，分給很多職員，我們一家是本省人，其他鄰居則是各省來的，所以我現在台語比較不輪轉，國語講得較好。」

那時台大校區幾乎都是田，她跟著外祖父住，她是那裡唯一的女孩，總和其他小男孩們一同在稻田裡玩耍，或是去台大實驗農場偷拔水果、玉蜀黍，或是在小河裡撈魚。但突如其來的一場大病，卻在她內心埋下了早熟的種子。

「那次是突然有點發燒，後來他們把我送到醫護室，發現我喉嚨白白的，於是再把我送到台大，確認是白喉之後，就用救護車把我送到八一六軍醫院——是不是八一六我有點忘了——反正一住院就被隔離，因為才六歲，旁邊又是精神科，晚上會聽到恐怖的嘶吼，那時只有我一人待在醫院，白天媽媽才會來看一下。」

秋菊兒時住院隔離的遭遇，讓人心疼不已，我在內心模擬著當時場景，驚覺那根本是對大人而言都很可怕的惡夢環境，而六歲的秋菊卻獨自承受下來。

「我是長女，從小有很多事，媽媽都會叫我一個人去做。譬如說，當時公廁就像個大糞坑，晚上要是得上廁所，媽媽就會叫我自己去。我才六七歲，幾乎是用衝的回房

間。就是一個人應付各種事，非常害怕，但不得不去。」

「會埋怨嗎？」

「那時候小，也沒有什麼埋怨的想法，只是覺得好恐怖，我要趕快跑。」

上了小學之後，在課堂上，她所感受到的便是教育的扭曲與壓力。「小學是很壓抑的教育。為了應付初中聯考，每天就是算術、國語，沒有體育和音樂課，現在我連do re mi都還唱不準，一想到就痛恨。晚上還有輔導課，大家窮，得湊補習費給老師，當時教育部規定不能課後輔導，每次督學來查，全班就得關電燈並要求大家不能出聲。這種教育方式太荒謬，剝奪我們想要的一切，只給你應付考試的東西。」秋菊所說的事情，其實晚她三十一年出生的我也曾經歷。

「就是把學生教成考試工具。」我說。

「對，我不知道別人怎麼想，但我覺得很痛苦。早上一去，黑板就寫著二十個數學題要解；晚上補完習回家還有功課。以前老師打人打得凶，學校就像是酷刑場，我們好像都是不良少女，每天被處罰。」

「我的內心自由就好，不用在乎形式。」

高中畢業後，秋菊考上銘傳商專，卻因為家裡無法支付學費，只好放棄。「家裡經濟情況不好，也因為是長女，媽媽希望我趕快工作來支援家計。」秋菊便到中研院圖書館當助手，一面學、一面做，後來調職擔任會計，一路做到生下老三為止。

先生忙於工作，秋菊只好一邊上班、一邊帶孩子，「我早上五點多起床，就要開始準備小朋友上學的東西，之後去上班，一路忙到晚上十二點，睡眠時間很少，體力就完全崩潰了。台灣社會給女人的壓力很大，要會工作、會賺錢，還要照顧家裡。只能說台灣的女孩子真的很厲害。」後來她決定辭職，專心帶小孩。

採訪同時，秋菊仍抽身照料先生。我看著她的背影，思考她在問卷上寫的「離婚」字眼。等她回來，我問她能否談談想離婚的事。

「可以。我先生比較不懂得關心別人，一路上都是我支撐這個家。痛苦沒有人可以分攤，他工作壓力大，整個壓力都往我這邊放，導致我一直處於痛苦之中。常想我為什麼要這樣子？只有離開他，我才可以快樂。」

其實，那時代的男人也處在殘酷的社會夾縫之中，沒有人教導他們應該尋求協助，於是只能在黑暗中自己摸索，一旦壓抑的情緒找不到出口時，往往發洩在最親的人身上。當秋菊提出離婚的要求，先生霎時不能接受，有了更強烈的反應。「他鬧得很厲害，我看他滿可憐的，小孩子也可憐，後來想說算了，我內心自由就好，不用在乎形式。」

「怎麼樣算是內心自由？」

「我現在就是。我內心認定我們離婚了，從那以後我就自由了。」

提到此事時，秋菊的女兒Hikky剛好在旁邊，但她的表情平靜，想必早已理解。為了轉換氣氛，我詢問秋菊她在日本就讀攝影學校的經過。

「我唸的是夜間部，白天去上日文課上到中午，回來就去買菜、做晚餐，五點多就去上課。有時候晚上需要攝影做作業，幾乎都是搭最後一班電車回家。那段時間對我來說，是我最快樂的時候。」入學後，秋菊透過相機鏡頭窺見全新視野，她練習當攝影師，也同時練習當模特兒被拍攝，她在暗房學習沖洗照片，理解了光影的化學變化。那段時光的她是快樂的。

「那時候妳幾歲？」

「四十二歲。學校口試時，口考官還叫我站起來，問我體能夠不夠，因為其他學生都是二十幾歲的年輕人。」

「妳還有留著在日本時拍的照片嗎？」

「自己很像籠子裡的鳥，哪裡也不能去。」

我們登上旋轉樓梯來到閣樓，那裡有幾個塵封多年的箱子，秋菊在裡頭翻找，我發現一本類似筆記本的深色小書，裡面有許多黑白照片，還有日文寫的短詩。雖然我是日語苦手，但還是立刻讀出那一首詩的關鍵字：恐懼。

「那時一九九五年，小孩大了可以照顧自己；我先生任期到了，便自己先回國。我覺得我自由了。那是我婚後第一次自己去旅行，一個人到伊豆半島待了兩天，一個人在那邊拍照。途中經過很多地方，像這個就是電影當中背景經過的山洞，裡面整個都黑的。很多人都覺得很恐怖，但我不覺得。」她指著其中一張照片說。

「為什麼會寫下恐懼的詩？」

「內心一直有恐懼，就在我自己的世界裡——我的恐懼。」她拿起那本寫真小冊，以手指認詩句說：「這是我一個人坐車到伊豆半島的心情記錄。」接著她為我們以中文來翻譯朗讀。「為什麼覺得恐懼，為什麼覺得恐懼；孕育一個孩子是恐懼的，懷孕是恐懼的；自己在媽媽的羊水裡面浮游著，所以覺得很恐懼——其實這不是說我生孩子，而是自我從娘胎裡，便對黑暗的世界感到恐懼，因為我活在看不到的世界當中，不知道會遭遇到什麼——我對美的東西也覺得恐懼，因為世事無常，美好也是稍縱即逝。旅行也是恐懼，因為我必須離開朋友；不自由也是恐懼，自己很像籠子裡的鳥，哪裡也不能

主婦的午後時光。

陳夏民／採訪．撰文　**陳藝堂**／攝影

15段人生故事×15種蛋炒飯的滋味

午後短暫幾小時，是主婦們一天之中稍微悠閒的時刻，唯有在此時，她們能喘口氣，坐下來，說自己的故事給我們聽……家庭主婦是一種不能下班的職業，她們的世界多半封閉，忙著打理一個家的大小事，家人健康快樂，便是她們的成就。而她們的心聲和夢想是什麼，你知道嗎？

去。我對死亡的場所也很恐懼，因為沒有辦法選擇。對孤獨也恐懼，因為喜怒哀樂必須去獨自品嘗。對影子也很恐懼，因為我要去抓它卻抓不到。對枯朽的東西感到恐懼，因為時間的經過是無法避免的命運。對於自己的虛弱恐懼，因為自己會被吃掉。」朗讀到這一段，秋菊壓低聲音繼續往下念：「對愛也很恐懼，因為如果我真要愛的話，就得把命捨棄掉，直到死為止。對力量也很恐懼，因為害怕自己完全會失掉這力量。」

秋菊讀完詩句，在場所有人都陷入沉默，我偷偷觀察她女兒，從她的眼神與表情判斷，這是她第一次讀到母親的這首詩。我從秋菊的手接過小書，慢慢地閱讀那些黑白照片。

「那裡，有蟬的死亡。我一個人在那邊孤獨地走，在車上碰到一個人的時候，看著他的影子離開，然後在山洞的牆壁之中，感受到那種被隔離的痛苦。」秋菊指著照片緩慢地說，我彷彿看見了當年那一個才六歲便獨自被隔離在入夜後醫院的小女孩。

我們聽完一陣靜默，無語。我們都清楚採訪告一段落了。藝堂開始準備器材，而我內心疑問並未得到解決，於是開口問：「秋菊阿姨，妳現在是用什麼樣的心情與立場去照顧老公？」

「他是孩子的爸，所以我不能把爛攤子丟給小孩。我得幫我的小孩。」

「最後一個問題，妳覺得自己是什麼動物？」

「海獅。海獅很快樂而且很可愛，我希望我的臉可以和牠一樣笑笑的，能夠接近朋友。很可惜，牠身體很沉重，在陸地上行動不便；但在水底就可以自由遨遊。我想像海獅一樣在水裡自由游泳。」

藝堂和Hikky陪著秋菊上樓拍照了，我和小歐留在客廳，秋菊的先生在房內床上休息，秋菊飼養的大烏龜在地上緩慢攀爬，然後，我重新翻閱了那本相簿，心情複雜。

回家後，我查了維基百科，發現海獅是無法離群索居的動物，想起當年那個被隔離的小女孩，如今長成大人有了自己的兒女，她照顧著他們，而他們也支撐著她的重擔。我心中那種外人才會認定的心酸，或許在她們眼中都是多餘。應該不再那麼孤單了吧，我想，不過還是別忘了為自己保留吃一顆維他命的時間，好嗎？

TASTE 08｜秋菊的蛋炒飯

帶著濃濃日本味的炒飯，那顆酸梅和嫩薑搭配炒飯吃起來好特別。擺盤看起來好像剉冰，好美，好和風，好可愛啊！

「雖然不是太遠，但為什麼不直接住在旗山就好？為什麼要每天通勤？」

這樣的疑問，等我到了他們位於美濃的家，立刻得到解答——如果我是小孩子，我也希望能夠在這樣的環境長大。直到此刻，我都還記得與一加、藝堂、小歐、田田一起在田間漫步的時光，那一片綠，還有那飄散在空氣中的淡淡泥巴味。

插曲#09

「接下來，我們去美濃、還有屏東。」編輯小歐說。

上一次去美濃是我大二的時候，去同學家拜訪，對於美濃的記憶，除了同學的笑臉、油紙傘、粄條還有一望無際的田之外，似乎就沒有了。

我與小歐確認問卷內容時，才發現我們要拜訪的美濃主婦一加，她的先生其實是我的臉友，也就是高雄旗山常美冰店的第三代負責人郭人豪。常美冰店是南台灣知名的傳統冰店，也是我一直想去吃的店家。

「旗山與美濃距離多遠？」我在出發前用google map搜尋，想趁機去吃旗山吃冰。查了之後才想清楚，郭人豪與一加、女兒住在美濃，但他每天都在旗山經營冰店。

福德祠

INTERVIEW #09

一加教我的事

人和土地的關係，可以很近

「最近在生活上有什麼新鮮嘗試嗎？」我問正專心烹飪蛋炒飯的一加。

「練習晚上十點到十點半之間，和小朋友一起睡覺；然後練習早上八點到八點半之間，和她一起起床。」

「這是很新奇的練習啊？」

「還沒結婚、生小孩之前，比較隨興，是晚睡晚起的夜貓子。但有小朋友之後，特別是她現在會黏人、會認人，睡覺就是件很麻煩的事。要陪她一起睡，她才願意睡，就要開始轉變作息。」一加說完，繼續專心做菜。

「在美濃，找到屬於我的樣子。」

一加的打扮與時下年輕女孩無異，身上有美麗的刺青，肚子裡正懷著第二胎。抽油煙機吵雜地運作，廚房看起來很古老，旁邊的水槽上擺著她親手製作的柚子皮洗碗精。

我走出廚房來到客廳，牆上貼著她先前企劃的活動海報，屋裡的每一個角落都呈現出奇異的鄉村景緻，以及彷彿浸泡在古老時光中的氣味。

客家老屋，是這一對年輕夫婦與小朋友的家。

午餐準備完畢了，一加把飯菜端上桌，招呼我們一起用餐。藝堂放下相機，小歐也關上錄影機。

「田田別玩了，乖乖坐下吃飯。」一加對著女兒說著客語。不久，剛外出的老公也回家吃飯。他也對田田說客語，但口音聽得出還有很多進步空間。

一加的父母都是客家人，父母結婚時，便從屏東鄉下搬進屏東市的城鎮；她從小知道自己是客家人，因為她家的母語和別人家講的話不一樣。當時她生活的環境，並不是傳統的客家農村，於是美濃對於她而言，不僅是與老公相遇的美麗地點，更是她精神上的故鄉。

「這裡讓我有客家認同，像是家鄉一樣。我很珍惜這裡的環境。我客家話講得不好，我爸媽並沒有強迫我要講，小孩子就是這樣，只要沒有環境，很容易就學不好。」

現在一加每次出門買菜、散步，只要遇到路上的阿伯、阿嬸，便會主動向他們學客語。「我來這裡，想重新把客家話學好，當然也會去逼自己的小孩多講客家話。每次跟這裡的長輩們講客家話，都是自我練習。」

田田手裡拿著湯匙，嘗試自己吃飯，那模樣甚是可愛，雖然飯粒掉了一桌，但一加和老公盡可能不介入，就這樣讓她自己吃。我想起老媽曾向我抱怨，有一次在醫院看見一位比她大幾歲的婦人，旁邊坐著一個約莫兩、三歲的小孩，婦人拿湯匙把飯舀進嘴裡，咬碎了之後才把食物放在湯匙，餵向旁邊的小孩。「這樣子不好，不衛生。」我媽媽對她說。然後，就被婦人罵是愛管閒事，要我媽離遠一點。

「妳以前也會這樣餵我嗎？」我問老媽。

「我才沒有那麼不衛生！這樣很不進步。」老媽有點生氣地說。

我看著田田還沒那麼協調的吃飯動作，再細細觀察一加與老公的互動，忽然很好奇我爸媽當時是怎麼帶著我哥和我一起長大的。

不曾有過農村生活經驗的一加，卻來到美濃鄉間，與先生、女兒一起尋找文化依歸，期待找到自己在客家文化中的位置。我老爸和老媽是否也對我和哥哥有相同的期待呢？

比如說命名就反應了父母的期待，田田其實名喚「耘田」。「所以你們期望田田以

後種田嗎？」我很認真地問。

「我希望她是個腳踏實地的人，沒有一定要她去種田，但是從性格到未來做的事，至少是和土地有關的，而我們覺得『耘田』有種很扎實的感覺。另一方面，名字聽起來要好聽，先不管『耘田』是哪兩個字組成，可是光聽聲音，會覺得這是好聽的名字。」

「第二胎是男生？還是女生？」

「一開始以為是男生，因為剛懷孕的時候，會有懷第一胎時所沒有的狀況；比如說我狂長痘子。人家不是都說，如果懷不同的性別，都會有一些相沖及不同的賀爾蒙反應；所以當我注意到痘子未免也長太多了，便以為是男的，只是醫生都說她是女的。還有，這次的胎動非常厲害，比田田在我肚子裡活動大好幾倍。」

「胎動發生的時候，是什麼感覺？」

「胎動大概五個多月會有，感覺肚子裡有生命，一個會動的生物；之前只是肚子會大起來，但是沒有太大動靜；後來就很有動靜。」

「第二胎的名字要怎麼取？」

「我們討論好了，不過還有點猶豫，真的要叫這個名字嗎？如果沒有翻盤的話，就叫她『潤禾』。」（註：採訪三個月後，一加生下了可愛的女孩，取名「蒔禾」。）

「這個名字很酷。是大學同學會羨慕的那種名字。妳的名字也很特別啊，一加。」

「我的本名是逸姿。飄逸的逸、姿態的姿。傳統的客家人也照族譜輩分，我們這代名字第一個字是逸，我又是家裡的次女（組成姿這個字），我媽是這樣解釋的。可是我是長大才喜歡我這個名字，因為小時候都會被嘲笑成『一支』（台語）。」

「以後你們都想定居在美濃吧？」

「來這裡工作而喜歡上這裡，便想要留下來生活。但因為工作而生活在這裡，與家庭真正落腳在這裡，是完全兩碼子事。我很幸運，能和我先生一起。」

「我覺得在農村裡長大的小孩很幸福。」

一加的先生是在台南長大，之後才來到旗山、美濃這一帶。他念研究所時，總在台灣各地跑來跑去拍攝紀錄片。後來，他得回到旗山接管家族的老冰店，一個原本習慣在外移動的人，就此要鎖在一間店裡，心理的落差一定更大。但那是選擇。

一加夫妻的臉書上，經常張貼關懷社會、土地的訊息，或許所有的遷徙都在探討一個人與一片土地之間能夠建立什麼樣的關係。「土地與人的關係」一直出現在一加的話語中。我抬頭端詳，發現牆壁上也貼了一些社運貼紙，我下意識聯想到自己之前參與抗議現場時，坐在柏油路面的皮膚觸感：白天很燙、晚上很硬，會覺得這一整個世界的不友善大概就具體呈現在屁股底下了。

我還記得，只要老媽看到電視上的抗爭，無論是反核遊行、多元成家遊行、為洪仲丘平反的白衫軍運動，或是之後的太陽花學運，總會一臉憂慮，然後說：「這樣子好亂。你不要去參加喔。」

老媽是一九五一年出生，經歷過太多政治環境的變遷，也努力地在保守的傳統概念與開放的當代系統中掙扎。有時她是她同輩人眼中那個多管閒事的人，有時她也是我眼中那個保守傳統的人。老媽比一加大上幾十歲，或許沒有辦法一下子就變得和我們一樣，對社會產生即刻反應，但她不曾干涉我，就算面對我半生氣、半煩躁地向她說明前因後果，認為她就是被過往的黨國教育洗腦了，她也鮮少生氣，依舊默默支持著我。

一開始不懂，直到自己慢慢研究歷史，才發現在她長大的過程當中，經歷過白色恐怖的尾聲。那是一個人動不動就會被消失的時代，「亂」變成了人會突然消失的誘因。長輩們常對小朋友說的，「你要是不乖，會被警察抓走喔。」或許就是恐懼殘存的痕跡。對於老媽而言，那樣的恐懼或許已經內建在潛意識裡。我看著一加與先生，想到他們正努力要讓田田不用在被消失的無形壓力下健康快樂地長大。但老媽這一輩人的深層恐懼，又要如何才能化解呢？

採訪告一段落，我和藝堂、小歐坐在客家老屋的飯廳，看著田田在旁邊玩。美濃的時間好像過得比較慢，人煙稀少的鄉下，就連機車駛過都瞞不了人的耳朵。我看著在旁邊自得其樂的田田，心想能夠在這環境長大的孩子，真的很幸福。屋外的空氣慢慢凝

13

稠，再過不久，可能就要下大雨了吧。

「要不要一起去散步？」趁著天色還亮，一加提議。我、藝堂和小歐走在美濃鄉間，看著一片片的田地慢慢變了顏色，而周遭沒有太多遮蔽，遠方的山林都很清晰地展現在眼前。前方，懷著身孕的一加推著幼兒車，田田在車上揮舞著雙手。

幼兒車上的田田只要看見路邊的動物，便會興奮大喊。每當我們經過土地公廟，一加便會停步，田田立刻下車，輕鬆自若地向土地公打招呼。「土地公對客家人來說，就是一個親近的長者，祂沒有這麼被神格化，是生活中很重要的精神陪伴。」

「妳都對土地公說什麼？」

「告訴祂我住在哪、叫什麼，跟祂問好，如果生活不順就跟祂講，跟祂借智慧。」

不久，一加的先生開車來接我們，我們先到他位於旗山的冰店吃冰，那是淡淡的清甜滋味。我一邊吃，一邊思索「耘田」與「潤禾」這兩個名字。

之後，他送我們到車站搭車回高雄市區。車子才剛開，大雨便落下。我看著窗外景色從農村慢慢轉成都市，才想到忘了問田田，她都向土地公說什麼話？是不是用客語？

TASTE 09｜一加的蛋炒飯

加了洋蔥的蛋炒飯，在炒的過程就飄散出淡淡清香，一聞到肚子就好餓，吃下肚子的時候，可以感受到食材的甘甜滋味，好像連紅蘿蔔都變甜蜜！

欸，這世界上還有哪個陳夏民，應該就是我吧。她説她有留意獨立出版，也提到了設計師小子和我合作過的作品。呼，我真是開心，而且好虛榮，但此刻的我真的好狼狽，走路的時候鞋子還會發出噗哧噗哧的聲音啊啊啊。（不過人生中被認出的機率不高，所以還是把這件事寫進書裡面慶祝一下吧。）

隔天，我們一早便搭火車前往屏東，要採訪的主婦JIJI是宛芳資訊圈朋友的妻子。當我們抵達，她已經停好車子，在車站附近等我們了。她穿著輕便的褲裝，開車技術十分俐落，是一個行動力驚人的主婦。

插曲#10

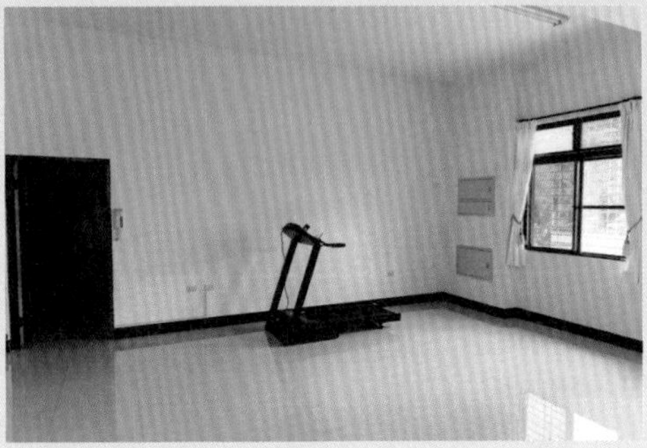

採訪完一加，我、藝堂、小歐三個人搭客運前往高雄市區，車子離開美濃範圍之際，忽然下起一陣暴雨。我們看著窗外的閃電，心想待會高雄會不會淹水。下車時，雨勢太大，雨傘根本沒有用，我和小歐跳下車，一面回頭擔心藝堂的器材泡水。呼，幸好沒事，專業相機包就是狂。

之後，我們搭上計程車前往飯店，經過幾次上車下車，我們的衣服全部濕透，我的鞋子也隱約進水。實在太狼狽了，真想趕快回房間整理頭髮，此時，飯店櫃台小姐看著我，問說：「你是那個陳夏民嗎？」

INTERVIEW #10

JIJI教我的事
小旅行之必要

「自己開車之後，覺得比較自由嗎？」

「對，因為可以去比較遠的地方，也可以一次接兩個小孩。」

「會一個人開車出去兜風嗎？」

「會，因為我女兒週二讀整天，所以那天我會自己開車出去走走，然後趕在她四點下課之前回來。這是我一個人的屏東小旅行。」

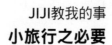

「她會跟我點菜，但是我的菜單上也就那幾樣。」

JJJ與先生原本住在台北，生了兒子之後，由於公婆疼愛長孫，希望能夠好好陪著他長大，於是兒子才滿月便陪著爺爺奶奶住在屏東。然而，夫妻間失而復得的二人世界並非總是浪漫，因為他們的工作太忙碌了。她在資訊業上班，回到家之後，與同樣從事資訊業的先生往往一人一台電腦各忙各的，沒有交集。

「我看我的電視，他用電腦處理公事，我都形容我們是住在同個屋簷下的陌生人。」也因為工作緊張，作息時間不太正常，往往上午九點半十點才去上班，晚上兩、三點才睡覺。「我和我老公的工作壓力都很大，太晚睡，又太晚起床，惡性循環，身體都不是太好。」

後來，JJJ生下了女兒，先生的阿公和阿嬤希望他們帶著第二個孫子回來故鄉，先生也希望能夠照顧從小疼愛自己的阿公阿嬤，於是便與她商量是否搬回屏東老家。

然而，這選擇對兩人來說都是艱難，畢竟屏東並不是資訊業發達的地方，一旦回去，就等於捨棄了自己在台北辛苦打拚而得的成就。「考慮了很久，工作上捨不得離開，畢竟回去屏東後又能做什麼呢？機會不多，月薪不高，也沒有資訊業職缺，就只有服務業。但是沒有辦法，我還是得顧及家庭，不然結果可能就是離婚——因為家庭要圓滿，勢必要有人犧牲。」

聽到這句話的當下，我心頭一震，想到了老媽。婚前，她自己開小型紡織代工廠，管理旗下十來個工人，在那個時代算是女強人，但在結婚之後，她捨棄了工作，乖乖走入家庭，沒日沒夜地照顧先生與孩子。如今，已到了退休年紀的老媽，內心卻總是懷抱著未竟的創業夢，雖然她不曾抱怨，但我總從她的夢想清單中嗅到一絲犧牲的氣味。

「為什麼在家庭當中，先犧牲的多半是女性呢？」我問自己。

於是，在女兒三歲多的時候，JIJI與先生一起搬回屏東，放下了兩人在台北的一切成績。不過，他們不知道，搬到屏東的決定反而變成彼此的人生轉機。

先前在台北時，女兒平日幾乎是保姆在照顧，加上兒子長期待在屏東公婆家，JIJI發現夫妻倆與兩個孩子都有距離，不是非常親近。其次，「以前在台北很容易口氣不好。回來之後步調比較慢、壓力比較小，我們比較有時間，可以和身邊的人好好講話、相處。」

陪著先生回鄉後，JIJI便協助夫家的事業，也因為是傳統產業，JIJI嘗試了與先前完全不同的工作方式，與其他家族工作者一樣，一人扮演多樣角色，可以是保全、總機小姐、財務、業務等，什麼都得學，什麼都得會。

下班之後，她與先生則是重新練習與孩子們相處。在台北時，他們很少開伙，往往

全家人一起吃外食。但在屏東，JIJI開始做菜，「孩子長大了，想讓他們吃比較健康的食物。我平常煮東西很清淡，煮魚也不會放油。」

「兒子喜歡吃妳做的菜嗎？」我問她。

「他當然比較喜歡吃外面的。他每次問我晚上要吃什麼，我回答我會煮，他就會抱怨。」

「那女兒喜歡吃妳煮的東西嗎？」

「她會跟我點菜，但我的菜單就那幾樣。我曾買過一本食譜，那時便和她說，想要吃什麼都可以跟我點，我會按照食譜做給她吃，誰知道做出來之後她覺得很難吃。從此，她就只會點我菜單上有的菜。」JIJI口中的菜單，是一本小小的筆記本，紙張被翻到微微掀起，看得出來經常使用。打開菜單一看，上頭記滿了密密麻麻的文字，所有的煮菜順序與材料，都是JIJI親自實驗過而且很有把握的拿手菜。

「我媽是總舖師，但往往媽媽很厲害，女兒就不太會煮。」JIJI說完，尷尬地笑了。

然而，我們當天吃的蛋炒飯，雖然用料簡單，但很好吃。

JIJI的筆記本讓我想起了我媽用撕下來的月曆紙與燕尾夾所製成的克難筆記本，上頭也是記滿了各式各樣的手路菜，唯一的差別，是JIJI往往從網路或youtube上抄寫食譜，而我媽媽則是永遠都倚靠著電視節目上的大廚。世代的差異在此具體呈現，但對孩子的愛，不管隔了幾代並沒有太大差別。

然而，就在新生活慢慢就緒的同時，疾病的陰影悄悄籠罩了她。

約在二〇一五年三月初，JJJ發現自己會頭暈、頭痛，這是先前很少發生的症狀，尤其在她蹲下或從事需要用力的事情時，就會嚴重頭暈。「我知道我的身體一定是出了什麼問題，剛好有一個朋友的老婆得腦癌，所以我一開始就猜到我應該是腦裡出問題。」果然，經過核磁共振檢測，醫師發現JJJ腦中有一個三．五公分長的腫瘤。

「那時候，我老公在研究中醫，他覺得身體是完整的，能不要開刀就盡量不要，擔心如果開刀了，氣會漏，循環也會亂掉。」於是，夫妻倆起初嘗試中藥，希望能讓腫瘤慢慢縮小，但吃了一個半月的藥之後，狀況反而更趨嚴重。

「最後我連路都沒辦法走，因為腫瘤壓迫到我的神經，我走路會晃，失去平衡感，吃什麼就吐什麼。常常頭暈、頭痛，只能一直躺在床上無法動，就連幫女兒洗澡、綁頭髮都沒辦法。」JJJ以「自生自滅」來形容那一段吃中藥的日子，後來情況實在危急，夫妻倆被逼急了，於是去看西醫。醫師先用藥物協助她降腦壓，但腫瘤並未減小，擔心之後會壓迫到小腦，於是便安排JJJ開刀。手術結束後，才發現腫瘤已經變成五公分大了，幸好，是良性的。

或許是因為年輕，JJJ術後的復原速度十分良好。然而，在與醫師討論病因的時候，JJJ才理解了，那一顆腫瘤的營養來源，其實不是病變，而是來自於日常生活各方面的壓力。「西醫和中醫師都要我控管情緒，說這是情緒所引起的，累積久了、憋久了，又沒有抒發管道，才會那麼嚴重。」壓力彷彿從台北一路尾隨她到了屏東，無論是資訊業終日的疲勞轟炸，或是為了適應傳統產業的焦慮，或甚至是急於拉近親子間距離的責任感，都為腫瘤的生成推了一把。然而，壓力來源或許還可以往回追溯，因為早在出社會之前，JIJI便長期與壓力共舞了——她的原生家庭並不幸福。

「我還記得新鞋剛買到手的那種感覺。」

從小，父母感情不睦，陪家裡孩子的時間也不長，JIJI從小便學著與自己玩，頂多與同伴玩扮家家酒或是去田裡玩。有些孤寂可用玩耍排解，但生活中的困苦卻總堅硬地擺在眼前，揮之不去。「小時候真的滿辛苦，假如今天要交便當費，我會先和媽媽說，然後媽媽就要我去找爸爸；跟爸爸說了，爸爸就說妳去找妳媽。我們小孩子常常這樣跑來跑去，就已經來不及上課了。」

也因為從小家裡窮，小小年紀就出門打工，看盡了眾人臉色，JIJI學會讓自己圓融一些，害怕傷害他人又想顧全大局，於是往往拐彎抹角說話或提出請求，又由於別人不一定理解自己的含蓄表達，讓她吃盡苦頭。「認識我老公之後，因為他是一個很直的人，就很受不了我這點。他會說妳不要旁敲側擊，有什麼話就直接說，所以婚後我受他影

響，現在變得講話很直。」

生活的困苦，改變了JIJI的價值觀。她不會亂買東西，也追求獨立，不願意依靠他人。「不會想說要跟家裡拿什麼，因為家裡沒有什麼東西給妳。念大學的學費是助學貸款，生活費也是自己賺的。即使到這麼大了，也不會想說要靠老公做什麼。」

「不會亂買東西嗎？可是妳婚前不是很愛買鞋子？」我問。

「對，我很愛買鞋子，但我後來覺得那是不智之舉（大笑），因為鞋子通常兩、三年就會壞，不能保值，所以已經改掉這個習慣了。現在變成會買小朋友的衣服，那讓我很有成就感。」JIJI尷尬地笑了。

「妳還記得第一次自己去買鞋是什麼時候嗎？」

「應該是出社會之後，在忠孝SOGO。我記不得自己買的第一雙鞋的樣子，但我記得剛買到手的那種感覺。後來，我很喜歡去SOGO一樓晃，因為一樓都是賣鞋子的。我對衣服沒有衝動，但看到鞋子就會很愛，最多的時候可能買到三、四十雙，也因為空間有限，得淘汰舊的才會有新的進來。我老公也知道我最愛買鞋子，但他自己愛買3C產品，我不會管他，他也不會唸我，頂多只會說妳有那麼多雙腳嗎？」

不過，回到屏東後，買鞋的衝動似乎完全滅了。

而在腦部手術之後，她的人生態度也有所改變，終於在丈夫的包容之下，完全卸下那根深蒂固的委婉，第一次為自己發聲。「有些事我不能向任何人說，也不能跟我老公說，因為和他講了他無法處理，我怕給他壓力。但我思考了之後，決定跟老公說：『你要我在身邊，就不要讓我再工作了，你安心地讓我把小孩照顧好，讓我把家顧好，公司的事情我就不管了。』當然，我們溝通了很久，他才同意。」

腦部腫瘤彷彿是JIJI過往人生的集合體，那些為了他人而活的壓力，那些為了讓她表現得更符合他人期許而苛刻對待自己的壓力，那些讓她吃盡苦頭的一切，都在她與先生下定決心割除病灶之後，完全消解了。

後來，我們請JIJI展示她目前還收藏著的高跟鞋，她猶豫一會，還是答應。她把一雙她最喜歡的鞋子從盒中取出、輕輕抖落上頭灰塵的姿態，彷彿帶著《綠野仙蹤》裡桃樂絲初次拿到珍貴銀鞋時的那種羞赧與不確定。桃樂絲的銀鞋在《綠野仙蹤》改編成電影時，被修改成紅寶石鞋，但無論顏色怎麼改變，那一雙鞋終究帶著桃樂絲抵達她想抵達的地方，無論是用步行的，或是以魔法瞬間移動。

我回想JIJI開車的模樣，還有她的屏東一日小旅行，忽然理解了為什麼她不再沉迷於買鞋。

如今的她，早就不需要期待「下一雙鞋」能夠帶她離開壓力、邁向理想的生活。她早已經有能力安排人生的方向，如同桃樂絲在經歷了一連串冒險之後，終於輕敲銀鞋後跟、隨著龍捲風重新回到堪薩斯，當她睜開雙眼，銀鞋早已不見，但她仍光著腳丫子，開心朝著眼前那棟熟悉的屋子奔跑，大喊：「我回來了，我回來了！」

TASTE 10｜JIJI的蛋炒飯

採用漫畫《中華一番》作法，先以蛋汁包覆飯粒，然後入鍋快炒，炒飯看起來粒粒分明，香氣逼人，不愧是小當家傳授的黃金炒飯！

其實，我的內心一直有個遺憾，那便是我沒能吃到藝堂媽媽的蛋炒飯。每次聽他形容他媽媽的創意料理，都讓我內心波濤洶湧，為什麼那麼精彩的料理我吃不到啊啊啊！

「拜託啦，我們去採訪你媽媽！」我央求藝堂。

「不要，不可以。」藝堂拒絕我，然後又開始說起他媽媽更多的創意料理。我覺得我的搭檔很壞心。

插曲#11

老媽聽聞我正在進行針對主婦的採訪計畫，便經常有意無意問起我又吃到了哪種口味的蛋炒飯，並與我討論對方使用哪些調味料。如果這場景發生在餐廳廚房，有人看到了或許還以為我們要刺探別人家的商業機密呢。偶爾，她自己煮起蛋炒飯，看我吃完，也不忘問我味道如何，彷彿我是蛋炒飯專家一樣。

我發現主婦們也經常向我們探問其他人煮出哪一種蛋炒飯，她們往往自謙說：「我煮得真的很家常啦。」但實際上都是拿出真功夫暗自比拚。無論如何，只要有愛，都是好的蛋炒飯，我真心感謝各位主婦的招待。

Canon

INTERVIEW #11

美惠教我的事
只要有心想學，沒有什麼辦不到的

某天，我騎車帶老媽去附近的火雞肉飯餐廳吃午餐。日頭熱，我請老媽先進去，停好車子後，便向老闆點菜。才一進門就坐，老媽便鬼鬼祟祟壓低聲音說：「櫃台那個太太，應該是老闆的媽媽，以前住在我們榮華街。你小時候那一條刻著吉祥如意的玉珮，我就是跟她買的。」

我回頭望，根本認不出來她是誰。待老闆送上火雞肉飯和幾道小菜，老媽舉起筷子，忽然失魂般盯著那盤涼拌茄子，「為什麼他們的茄子這麼紫？」

「對啊，為什麼妳每次煮的都黑黑的？妳問她啊，說不定她也認得妳。」

「不要啦，那麼久了，拍謝。」說完，老媽揮揮手，要我閉嘴吃飯。

那時，我有一股衝動，想要call out給台中的美惠，向她請教如何把茄子煮成漂亮的紫色。美惠是這次採訪計畫中，煮菜手藝數一數二的主婦。

「以前我的廚藝真的很差。」

拜訪她的那一天，我和藝堂、這次隨行的出版社工作人員宛芳，看著滿滿一桌媲美大餐廳的手路菜，都覺得不可思議。

「不是只需要蛋炒飯嗎？」

「這根本家宴等級了！」於是我們大方拿起筷子，吃將起來。

「拜託你們幫我多吃一些。」美惠殷勤地叮嚀著。

「這盤泰式涼拌海鮮，洋蔥為什麼這麼甜？完全不會嗆？」宛芳問。

「洋蔥切絲後，泡在冰水裡，味道就比較不嗆，但不要泡太久，不然連甜味都會消失。記得泡有冰塊的水，而不是只泡冰水。」

「冰一下是要冰多久？」

「五分鐘左右就可以。」

美惠像是廚藝老師一樣，從容回答，反覆提醒我們多吃一些，她自己碗裡的飯菜倒是吃得慢。很難想像眼前這一位廚藝高手，以前連蛋炒飯都不會做。

「以前我們都在食堂吃飯，偶爾宵夜才會想弄點什麼來吃。十三歲時，有人要我炒飯，我從沒炒過，他們卻說炒飯每個人都會做，我被逼急了，想說是蛋炒飯嘛，便把蛋和飯一股腦倒進炒鍋，大家看了都傻眼。那時我廚藝真的很差。」

「妳應該沒想過自己後來會寫食譜吧？」

「對，我婚前不是很會煮。」

婚前，先生曾告訴她，家裡有人煮飯，所以她不需要下廚。「但我覺得煮飯和生小孩好像是結婚該做的事情，所以買了人生第一本川菜食譜，開始慢慢學。」交往時，老公也說會在很多人的地方向她公開求婚，不過美惠拒絕了。

「我先生不愛說話，但人真的很好。不用什麼求婚，我就點頭願意嫁了。」說完，又笑了起來，「早知道就答應讓他公開求婚了，現在好後悔。」

美惠的先生的確寡言，採訪過程中，他在樓上房間待著，一旦美惠需要，才下樓泡茶或準備餐具；同桌吃飯時，他較少吃創意料理，多半吃滷肉等家常菜色，吃飽了便上樓，留給美惠自在的空間與我們交談。

美惠與先生聊天時，幾乎都說帶著淡淡台中腔的台語，遇到少數字詞，才聽得出差異。她老家在福建閩西，是客家人，她們家鄉的客家話和一小時車程外的客家村落便有所不同，更不用提與台灣客家話有著本質上的差異。她從小父母離異，和弟弟跟著媽媽，哥哥則跟著爸爸。媽媽在公家單位上班，吃飯時間都在食堂，用糧票支付。

「小時候媽媽常做菜嗎？」

美惠搖搖頭，「因為都吃食堂，我媽媽不大會做菜。」

小時候，她鮮少玩耍，多半忙著做家事。外婆養豬，美惠也幫她到附近撿拾豬吃的菜葉。

雖然童年生活貧苦，但在當時的中國已經算是不錯，因為她和媽媽的戶口身分屬於一般居民，居民便可以在公司上班，領固定薪水；若被歸屬為農民，就得種菜，和天公搶飯吃，收入較不固定。美惠讀到初二，還沒畢業就開始工作了，她曾在公家單位上班，後來則留職停薪到沿海地區見見世面。她半工半讀遇到當時經營房地產公司的先生。

一九九六年，她二十歲，決定結婚。

「很幸運嫁進來，公公婆婆都很疼我。」

一個從來沒出過遠門的女兒，竟要嫁去台灣，這讓美惠媽媽非常擔憂。鄉里朋友也有傳聞，說嫁到台灣的女孩往往會當男人的小老婆。她怕，但丈夫的體貼終究讓她心安。「大陸是很競爭的地方，而結婚之後，老公對我娘家的人，比我自己對他們還要好，我的個性也受到老公的影響變得不像以前那麼尖銳。」

「當時的個性，是不是像媽媽？」

「我是在單親家庭長大，媽媽是一個堅強的女人，她母兼父職，且為了保護自己與小孩，而變得比較強勢。我的個性不像媽媽，當時也不能理解媽媽的做事風格。」

「她一人把我們拉拔長大，後來卻生了病，我那時人在台灣，弟弟在北京，弟弟得知媽媽的身體狀況後，曾回到廈門照顧。可是媽媽個性強，不要人照顧，中途還一個人搬回老家，自己洗衣做飯打理一切。」

美惠的媽媽得的是胃癌，手術後沒多久又移轉成骨癌。骨癌很痛，她連睡覺都沒辦法躺，只能坐著睡。「她一輩子省吃儉用，寧願痛到走不動也不坐車，想把所有東西都留給小孩。我以前總覺得，為什麼她一直管我，那麼嘮叨，現在當了媽媽，才後悔當初沒有理解她的苦。」

但美惠是幸運的，夫家環境比娘家好得多，讓美惠不用擔心生活。而原本遠嫁台灣，又要與公婆同住的懼怕，也因為公婆的疼惜而放下。「我婆婆常講一句話，媳婦是娶進來的，所以更要疼惜人家。我很慶幸嫁進這個家庭，也儘量做好媳婦的本分。」

「我婆婆的手藝很好，傳統的菜我都是向她學的。」因為以前大家族的關係讓她習慣做很多菜。婆婆得知家人喜歡吃腸旺，過年一次買了五副大腸。「婆婆每次都說，她有三個媳婦，每一家分一分就沒有多少。所以老公告訴我千萬不能跟婆婆說喜歡吃什麼，說了就會讓你吃到怕。」

我的老媽也是這樣，每次做醉雞、滷肉或是粽子，總會一次準備一堆。「老爸和哥哥都在中國，現在家裡只有我們兩個，怎麼吃得完？」印象中她會自己找出容器，看是拿回外婆家或與鄰居分享，或是請阿姨來吃，或是宅配到台中給我姪女。有時沒有人可以送了，她便溫柔地凝視著我，帶點懇求地說：「來，你把這盤菜吃光，我把這盤菜吃光，這樣就結束了。」

寧願吃進肚子，也不想浪費，這就是我的老媽。顯然的，美惠在這一件事上，與我抱持著相同的態度。「我的份量都做得少，但樣式稍微多一點。可以吃完要緊。」

桌上那鍋滷肉，是婆婆教美惠的拿手菜。肉質滷得軟硬適中，不會死鹹，也有淡淡八角香。「我婆婆不喜歡加香料，現在她不在了，我才會加八角。」

「我很少出門，但只要上網就能和各式各樣的朋友聊天。」

後來，美惠才告訴我們，「美惠」是婆婆幫她取的名字。「那妳的本名是？」

「翠麗。我先生二哥的名字，用台語唸起來和翠麗有點像，加上兩個嫂嫂名字各有一個惠或慧字，所以婆婆說乾脆叫我美惠。我滿喜歡這名字，現在也習慣了，覺得我婆婆很會取，因為美麗又賢慧。」

儘管公婆待她很好，但大家庭仍有著諸多規矩。「男女之間比較不講話，有什麼事情公公會轉告我婆婆，婆婆再告訴我。」與公公之間的疏離，則是在與婆婆及患病的公公一起搬家之後，才有所改變。

「公公肝硬化，鹽巴和油都不能吃。」美惠負責先生與小孩的食物，婆婆則煮公公吃的，怕他固定的東西吃久了會膩，有時候美惠會做些少油鹽的小吃給公公當點心。「偶爾公公忍不住吃了口味較重的食物，會馬上昏迷，所以婆婆既要注意少油鹽，又擔心公公抗議，為了騙過公公還故意將鹽捏在指尖直接放入熱鍋中，再取出洗掉鹽巴，婆婆的用心讓人感動，也讓原本撐不過三個月的公公在五年後才離開我們。」

「在生病這段時間公公常常沒事就喊我和老公的名字，當我問什麼事的時候，他卻忘了，這時完全沒有當年意氣風發的樣子，可是讓我覺得他就像一位和藹的老人，非常可愛！」

與美惠的交談，有一大部分都圍繞在公婆上，我大概理解這是她生活中的一大重心。也可以想像，當公婆相繼離世，她有多痛苦。我追問她的生活興趣以及來到台灣之後的交友狀況，她搖搖頭，「我們和鄰居較少互動，來到台灣也沒啥朋友，直到上了廚藝網站與他人交流廚藝，才逐漸交到朋友。」

直到進行這次的採訪計畫，我才發現，主婦的世界多半仍是封閉的，因為她們光是忙著照顧一個家，往往就錯失了與外界交流的時機。也因此，網路便成了許多主婦的救生圈，一旦抓著了，便為自己打開了一扇窗。

美惠在廚藝網站上刊登食譜，為了想要讓食譜品質更好一些，而開始學習擺盤、攝影，也努力加強文字技巧，透過食物的交流，她有了新的人生目標。

老媽和美惠很類似，也喜歡鑽研廚藝，但她不會上網。家裡電腦對她而言唯一的功能，便是按照步驟開機後，繼續按照步驟開啟Skype程式，與老爸視訊對談。結束後，再按照步驟關機。有時，我會收到她慌張口氣的電話，「怎麼辦，史蓋匹打開卻沒有影像。」慌亂會傳染，我甚至也曾為了隔空教導她關掉程式而不耐煩。

每次回到家，往往看見她坐在沙發上，一邊「聽」著八點檔鄉土劇重播，一邊翻閱月曆紙充當的筆記本反覆研究。那是她在下午時段，在電視上看阿基師或其他廚師傳授撇步所抄下的筆記。每一張寫著潦草字跡的月曆紙，都是一道食譜，無論缺少了哪一種食材或是烹飪法（畢竟電視字卡閃得太快，我媽拿著筆寫字實在追趕不及），終究會變成我家餐桌上的一道佳餚。

「你看，這個茄子有沒有紫！」

某個週日，我媽指著餐桌上的茄子驕傲說道。我仔細看，的確很紫，看起來就像那次在火雞肉飯餐廳吃到的一樣。那天，當那位曾在我舊家附近賣玉珮的婦人走過我們桌

前，老媽有點尷尬地凝望著她，好像有話塞在喉嚨，卻忽然放下身段直接搭訕，「妳以前是不是在榮華街那邊賣玉珮？」她們連對方名字都不曉得，但聊得像是國小同學一樣親近，尷尬的反而是我。

不過，關於茄子要如何煮成紫色，或許是擔心對方覺得我們試探商業機密，我媽始終沒有開口問。按照慣例，她更加留意廚藝節目的介紹，終於在某一個大廚介紹紅燒茄子的時刻，參透了天機。

那天採訪結束後，電鈴響起，快遞送來一台微單眼相機，這是美惠參加廚藝網站比賽的獎品。她拿起相機，滿足地把玩一番，然後向藝堂請教如何拍攝食物。「我弟弟也送了我一台，但我不大會用，每次只會用同一種拍攝模式。」藝堂仔細解釋起相機的功能，美惠專心聽著，透露出認真的企圖心，卻不帶有壓迫感。

眼前這一位主婦，從當初福建閩西那一個不會做菜、講著家鄉客語的倔強女孩，嫁來台灣後，一路變成了台語流利、經常獲得廚藝比賽名次，隨手就能煮出大菜的溫柔母親，這轉變令人驚奇。

不過，這也證明了一件事，一旦是她們認定重要的事，無論付出任何代價，都一定要學到手——像是我老媽眼中的紫色茄子。

TASTE 11｜美惠的蛋炒飯

青椒與洋蔥是很多小朋友都不敢吃的食材，但兩者搭配之下，反而引出奇特的香氣與甜味，這是大朋友和小朋友都會願意把最後一顆飯粒吃光光的美味炒飯！

採訪當天，看著美惠拿著單眼相機請教藝堂的模樣，我忽然覺得很感動，同時也對於自己的無知感到慚愧。

身為出版人，我無法觀察自己生活領域之外的世界，實在是太遜了。謝謝「愛料理」網站讓我認識了美惠和蘋果，期待有更多主婦與料理愛好者，能夠透過網路找到更多可以比拼廚藝同時又能交心搏感情的好朋友。

插曲#12

美惠與接下來要採訪的蘋果，是出版社與料理網站「愛料理」共同合作「蛋炒飯的餐桌故事」所邀請到的兩位主婦。

老實說，在進行採訪計畫之前，由於自己不會烹飪，我對料理的世界一無所知，更不用提料理網站了。採訪完美惠之後，才發現網路對於主婦而言是一個超級重大的發明，尤其是類似「愛料理」這樣的廚藝網站，讓成天忙著打理家務、偶爾覺得自己與外界失去聯繫的主婦們，得以交到志同道合的朋友，一起切磋廚藝，然後有更多時間，透過食譜的互動而得到成就感。

INTERVIEW #12

蘋果教我的事
那種光芒，必是出於愛的力量

我與藝堂、宛芳、小歐來到了蘋果的家，她剛結婚幾年，屋內房門上的「囍」字還沒拆下，家居整理得十分乾淨、整潔，屋內的一切看得出來都經過挑選，鮮少看見雜物。她在陽台栽種香草植物，盆栽擺設也有秩序。

屋內原有一扇門緊閉著，我聽聞是書房，出於出版人的好奇，便央求蘋果讓我們參觀，原本以為會看見凌亂不堪的場景，但門一推開，書房內一樣井然有序，只見書架上滿滿都是法律相關書籍，原來她曾在法院服務，前幾個月才決定辭職，協助同是法律專業的老公創業，同時投注更多時間在自己鍾愛的烹飪上。

「我想讓她吃一頓熱呼呼的早餐。」

理解蘋果的職業背景後，我才理解自己一進門便感受到的「空間的秩序」，原來是蘋果夫妻對於「邏輯」的具體呈現。而對於邏輯的重視，也體現於蘋果的炒飯之中。炒飯的時候，她手裡拿著鍋鏟，慢慢地刷、切米飯。

「這不像炒飯，比較像在刷飯。」我說。

「這樣子鏟米粒才會粒粒分明，不然會黏在一起。我剛加進去的是綜合堅果，它含天然油脂，可以取代油的用量。我們家一瓶油可以用很久，買最小瓶一年也都用不完。」蘋果說話時，眼角總帶著笑意，是很討人喜歡的親切女孩。

「妳火都用很小，瓦斯應該也很省。」

「對，我通常都用中小火，大火容易燒焦，火太大平底鍋也容易壞掉。」

用平底鍋做菜，油只用一點點，火只開到中小，手中的鍋鏟則是輕輕慢慢地在食材中翻攪，蘋果做菜的手法很不一樣，看似步調緩慢的新手，心底其實很明確。

今天，她為我們準備了兩道炒飯，分別是「高麗菜捲鳳梨蛋炒飯」與「西瓜蛋炒飯」，前者將鳳梨蛋炒飯用高麗菜捲起再煎過，後者則是透過精選食材與特製過程，模擬出西瓜的層次，兩者在視覺上都是新鮮體驗，更重要的是，吃起來的滋味都好。

創意蛋炒飯的起點，來自對先生體貼的心意。「老公的工作壓力滿大的，所以他點的菜，我都會做點小變化，讓他吃起來有驚喜感。有一次他說想吃鳳梨蛋炒飯，我想到可以把炒飯捲在高麗菜裡面，這樣他就能多吃一種蔬菜，於是就做出來了。」

「妳是什麼時候開始做菜的？」

「唸研究所時，我去奧地利當交換學生，那裡物價太高，為了省錢才開始自己煮。出發之前，我從來沒有做過菜，因為我奶奶和我媽很會煮菜，為了安全，從來不讓我碰鍋碗瓢盆，我頂多只能當小幫手，拿個醬油之類的。」

在奧地利第一次做的料理，並非蛋炒飯也不是留學生活常見的滷肉，而是蛋餅。「小時候放學回家肚子餓，我媽都會煎蛋餅給我吃，是那種古早味的蛋餅，把麵粉和蔥打一打，然後再加蛋去煎，軟軟的，很好吃。」

為什麼煎蛋餅？一樣，是源自對他人的體貼。蘋果在當地的室友是奧地利人，每天早上起床便習慣打開冰箱拿冰牛奶或冰柳橙汁，然後配上吐司和火腿罐頭吃。雖然這是很多外國人習慣的早餐形式，但蘋果總覺得少了點溫度。「我早餐喜歡吃熱的，所以如果我有做早餐我都會順便做她的，而第一次做給她吃的就是蛋餅。」

做菜的歡喜來自於分享，不過要把菜做得好吃，或許需要更多思考。「我從小就很愛吃，吃的時候都會思考做法。在奧地利的時候，假設我想吃麻醬麵，我就會思考它的

味道，去推估裡頭會有那些食材，試著做出來。」蘋果說完，我想到物品被某種光線照射到，便立刻解體還原成最初模樣的科幻電影場景。

然而，味道不僅是思考，更需要實地體驗。「我小時候很愛聞東西，連襪子都會拿起來聞，我媽很受不了我！」說完，蘋果害羞地笑了起來。

「妳有想過為什麼這麼喜歡聞味道嗎？」

「應該是覺得好奇。」

「現在還會嗎？」

「會，這樣其實滿好的，可以知道蛋有沒有臭掉或是肉是不是新鮮。」

「小時候，媽媽完全沒教妳做菜嗎？」

「沒有，廚房完全不是我的地盤，小孩子不可以進來，我媽是這樣說的，所以出國前完全沒有機會下廚。我媽認為小孩子就是把書讀好，不要花時間在這上面。」

從小，蘋果的數學很強，可是其他科目不太好，聯考時數學一百分，歷史只拿了二十分。拿到成績單之後，她打定主意要念企管。「但我媽就說她去問神，神明告訴她，我一定要唸法律，我的命就是要當司法官。我那時聽了很訝異，因為壓根沒想過會去唸法律，唸的時候也真的一點興趣都沒有。後來，我發現刑法領域很有趣，所以後來還是去唸法律相關的研究所。」

從高中起，蘋果便有自覺，長大了不要跟家裡拿錢比較好，於是大學時經常蹺課去打工，畢業後則到律師事務所服務。由於本質上對於法律工作的排斥，工作期間總覺得疲憊不堪，加上對於刑法領域有興趣，而決定回學校充電，順便調適心情。

研究所錄取之後，她沒有辭職，一邊帶著筆電上課，一邊找時間完成事務所交代的工作。先進入職場再重返校園，讓她十分珍惜學習的機會。後來，她申請到了交換學生，卻幾乎掀起一場家庭革命。

「如果料理可以變成工作，那就能一直做自己喜歡的事。」

蘋果的媽媽比較務實，或許也出自對寶貝女兒的擔心，並不贊成她隻身出國。蘋果曾徵詢出國唸書的意見，但媽媽叫她好好讀書，當司法官就好。「那時我媽很反對，可是我就是很想去，從小就很想去歐洲，剛好碰到這個機會，就去了。所以我是先斬後奏。」

到了奧地利，蘋果在課業之外，花了許多時間旅行。「旅行，大部分都是自己一個人，少部分會因為朋友約才一起去。到處旅行給我的生命添加了許多不同的元素，到現在都還很懷念那段時光。」

某次她在威尼斯參觀一個石雕展，因緣際會之下，與來自羅馬尼亞的雕刻家認識了，後來便受邀請去參加在義大利烏迪內舉辦的雕刻聯展，同時參觀雕刻家的工作室。

「我看到他的一個作品，有一個正正的石頭，上面卻有一個歪的圓弧形，到底怎麼維持平衡的？我才了解，平衡不一定要對稱，有時候就算是歪的也可以平衡。看著這個作品立在半山腰上，我覺得好美、好感動，一直哭。」

這一場獨自旅行或許在某些層面上深深影響了蘋果，但獨自旅行終究是充滿緊張的。出發前一天，她告訴室友旅行規劃，室友以為她會被那個雕刻家賣掉。「我和她說，我會在什麼時間回來，如果半天內都沒有看到我的蹤影，妳就報警。後來平安回來，還收穫滿滿，那個雕刻家帶我去見他們雕刻家協會的會長，並且送我很多東西，我就想怎麼會有人對陌生人懷抱著這麼多善意，畢竟我只是個小人物，對石雕完全是外行，就只是覺得作品很美而已。」

這樣的旅行，蘋果當然不會和媽媽說。「她會氣炸！我去當交換學生前，我媽就叮嚀我那裡空氣很好，所以平常要多唸書。後來我第一次自助旅行，寄了明信片給我媽，卻被她念了一個小時。她覺得我怎麼一個人去，至少要兩、三個人才安全，而且怎麼可以經常去玩，要我多唸書。後來，我要出去旅行的前一天都會打給我媽，說我在唸書很累，之後大概一週都不用打給她。」

「我猜她一定都知道，只是不會講。畢竟是媽媽。」我說。

母女之間最精巧的諜對諜場面，並沒有對錯，一旦把線索拆解開來，裡頭或許明

明白地標註著愛與關懷，以及更多的擔心。聽蘋果述說這件往事，我也想起我媽的交代，但場景橫越了美國、泰國、印尼，一直到花蓮，無論我到了哪裡，總會聽她提及：「你要在那裡乖乖讀書，不要獨自旅行很危險。」這種叮嚀或許不是蘋果媽媽的專利，不過的確到了某個歲數才會懂。當然，除卻偶爾讓人覺得囉唆的叮嚀，有些愛是以物件的方式傳遞的。

「出發到奧地利之前，我媽要我帶一罐肉鬆過去，我想我平常不太吃，帶去也不會吃，正想拒絕，我媽還是硬塞給我。後來，那邊的東西我還是吃不太慣，才了解了她那時候說，『妳去了就會開始想念台灣味』這句話的意思。那罐肉鬆我很珍惜，從去的第一天到最後一天，每次都吃一點點，到回國前還剩約三分之一，就送給室友，她也很愛這一味。」

我常想，傳統一輩的父母親對於子女懷抱著愛，但往往因為不善溝通而變得彆扭，有時甚至讓兒女不解，造成雙方摩擦。家長與孩子之間最大的衝突點，除了自立，往往便是擇偶。

「我媽說我上了大學才可以交男朋友，等我上了大學，她又說考上司法官才能交男朋友，所以我高中和大學都偷偷交了。反而是我二十五到三十歲時一直沒有男朋友，她又很擔心，甚至安排了幾場相親。」蘋果說完，我們都笑了，畢竟我們或多或少都遭遇或聽聞過相同的質問。果真在某些狀況下，天下的媽媽都是一樣的。

與先生的相遇，發生在法院。他們兩人同時筆試、面試，蘋果面試完要離開時，先生前來詢問剛才考試委員問了什麼，蘋果照實回答後，先生告訴她：「妳很漂亮。」

「我那時剛經歷過一段很糟糕的戀情，一聽到有人覺得我很漂亮，就很感動。」先生是情感表達很直接的人，在兩人順利就職後便展開熱烈的追求。「我們是第一對在這間法院認識然後結婚的，院長應該頒個獎狀給我們。」蘋果笑著說。

「那他怎麼跟妳求婚？」

「有一次，我們全副武裝去台中爬山，背著好多重的東西，爬到一半後決定先野炊。我在準備料理的時候，他說他很熱要去換衣服，後來他出來，我還在低頭切肉，他便叫我不要再切了，然後說出：『妳願意嫁給我嗎？』我抬頭看，他竟然換好一身西裝。原來他的登山包裡偷藏了一套西裝。我哭得唏哩嘩啦，就這樣答應了。因為這一段感情可以結婚，實在非常困難。」

後來，我們一邊吃著炒飯，一邊聽蘋果聊起兩人經歷的難關，我想起那些家庭中因愛而生也因愛而化解的為難，理解了這一切終究無法躲避，必須耐心以對。

今年三月份，蘋果決定離開法院的工作，思索接下來的人生規劃。

「記得我先生曾跟我説，他發現我在做菜時整個人都在發亮，無論是講到、想到或是去買菜時都很開心，所以我決定，接下來要好好為了自己，不為別人，去做這一件自己喜歡、想要的事情。」

我們吃著蘋果精心烹製的創意蛋炒飯，默默認定她做了正確的決定，為她開心。

TASTE 12｜蘋果的蛋炒飯

先有高麗菜捲鳳梨蛋炒飯，再有西瓜炒飯，光是造型就不得了！前者口感特別，高麗菜讓蛋炒飯的營養升級，富含纖維；後者則飄散著淡淡抹茶香，值得細細品味。

最後的這三位主婦，便是經由當代藝術館與大同區光能里里長介紹的。第一站，我們拜訪的是主婦阿崙，她必須打理家務，同時也得協助爸爸的公司接洽業務，是現在社會中典型的三明治婦女——在家庭與工作之間奔忙著，鮮少有喘息時間。她的年紀與我相仿，但她對於父母的尊重，卻是我遠遠不及的，採訪結束之後，我覺得慚愧，回家後便深切反省我對待老媽的相處態度（拭淚）。

插曲#13

我始終覺得「主婦的午後時光」採訪計畫在我們正式啟動之後，就已經完全失控了。所謂的失控，並非這個計畫本身出了差錯，而是它正以我們當初料想不到的規模一路擴大，影響力越來越大。

先是「愛料理」網站與我們一起舉辦「蛋炒飯的餐桌故事」活動，讓我們看到數十名主婦的創意蛋炒飯料理，然後從中挑選了美惠與蘋果受訪。

之後，台北當代藝術館的館員聽聞我們的計畫，也主動來信詢問，是否能夠與他們合作，以當代藝術館為中心，採訪幾位住在台北市大同區的主婦，同時邀請我們參加「2016街大歡囍——當代×社區藝術節」展覽，在中山地下街的展場展示「主婦的午後時光」的照片，為民眾介紹多元、有趣的主婦生活。

INTERVIEW #13

阿崙教我的事

以父母為榮，是他們成就了現在的我

「今天要炒的蛋炒飯有什麼特別之處嗎？」我問。

「我的蛋炒飯很簡單，只有蛋加飯，因為我不喜歡複雜，我喜歡簡單。」阿崙只添加苦茶油和鹽巴，頂多是在炒完之後灑上少許鰹魚粉、黑胡椒提味而已。

苦茶油炒飯香氣逼人，的確是出乎意料。我和藝堂、小歐吃飯時，阿崙坐在旁邊，看著剛從樓下上來、一身黑衣的小惡魔，也就是她家老二，她一邊叫他不要亂跑，一邊對我們說：「我平常的打扮很簡單。我不太會化妝，畫眼線、裝假睫毛我都不會，我只會塗口紅。假如今天要我出席重要場合，我可能就擦隔離霜、口紅，眼影用手抹一抹就出門了。我爸有時候還跟我講說：『妳要是男生多好。』我家做這行，我弟又比較斯文，所以我爸一直很希望我是男生，我也覺得自己很像，只是軀殼不同。」

「我喜歡穿黑色。」

阿崙口中的這一行，是專門負責拆除屋內原有裝潢的工班，夏天在沒有空調的地方幹活，冬天再怎麼冷也得出勤，體力活也有年歲限制，如果不夠謹慎，容易有職業傷害。

阿崙與先生、兩個孩子就住在爸爸的工程行樓上，每天一張開眼睛便是接單、幫客戶估價，有時也得代替爸爸出馬，在工地與設計師、工班協調，甚至拿著工具親自上工。在工作上碰到困難，爸爸依舊會出手。在工地時，她也因為是女孩子，「我們家工人就會說，妳閃，這我來。所以我還滿幸運的。」

「妳和老二是故意穿母子裝嗎？」我問。

「不是。我喜歡黑色，衣櫃都一片黑，沒有亮色系的衣服，也不太敢穿。老公和小孩也都陪著我穿習慣黑色衣服了。」

「欸，老二很可愛。」

她把老二抱進懷裡，「我們家哥哥長得更好，我很自豪。」

說完，老二掙脫懷抱，自己拿著手機跑到旁邊，逕自看起Youtube影片。「現在小孩子會用Youtube，跟我們都不同。以前我們都在巷子裡玩。」阿崙從小在赤峰街長大，一家人原本住在矮房子，後來才買到公園附近的兩間房子，能有這樣的積累，幕後推手便是她的媽媽。

「我們家原本有負債，爸爸娶了我媽之後，先接手爺爺留下來的工作，然後靠他雙手加上我媽協助，才一點一滴把錢存下來。」說完，阿崙有點感傷，「我們現在所能擁有的幸福都是因為我媽，可是她不在了，我得學會自己獨立生活，以前什麼事都不用做，也不用煮飯。」

「也不用教導孩子。」

「對，我現在才知道什麼叫拿棍子追小孩，這事兒我真的做過。小惡魔平常真的很皮！」

我喜歡聽阿崙述說自己小孩事蹟的樣子，那種口吻讓我想起先前採訪過的主婦曉露，她們與孩子說話，聽起來就像和大人談話一般。「我們做這行有時比較粗魯，髒話隨時帶在嘴上，可是我很自豪我家兩個小孩不會說。他們聽到我和我先生在吵架，就會跟我們說：『你們兩個不要說這個，這是不好的話。』我還滿感動的，讓我覺得我教育至少還有成功。所以我對他們就像是大人、朋友一樣，你們等一下可以看我如何對付他。」說完，阿崙朝著小惡魔大吼，原來他又開始調皮了。「我不會迴避說髒話，不需要保護他。他以後上學、出社會，聽到的也會是這些髒話。」

聊到小孩子的教育問題，阿崙提到一件難忘的事。小時候一位鄰居阿伯好意送她一把荔枝，他才離開，她便把荔枝丟在地上踩爛，那團爛水果恰巧落在阿伯的車前面。阿伯發現後上門告狀。「我被我媽罵到臭頭，這才知道什麼叫做踐踏別人好意，還真的是踩得很爛。」痛罵阿崙之後，媽媽溫柔告誡她：「妳不喜歡吃，或是不想要，可以拿回家給我。」

「我後來就學媽媽的方法來教育孩子，如果我家老大遇到類似情形，就會說：『對不起，我不吃糖果。』如果你一直要給他，他就說：『好吧，謝謝你。』然後收下。」

「那時妳沒挨打吧？」

「應該沒有，我媽不常打我們，都用說的比較多。」

「在家裡，爸爸就是賺錢？」

「對，我們跟爸爸要什麼，他都會買給我們，媽媽就很嚴厲。一個白臉、一個黑臉，壞人永遠都媽媽做。」

「這樣的家庭角色分配，滿正常的。」

「可是現在我家裡的黑臉白臉都是我，尤其是這一個老二。」說完，她轉身作勢瞪了老二一眼，小朋友哈哈大笑起來。

「還好我有陪著媽媽到最後。」

阿崙的媽媽是專職家庭主婦，十九歲就嫁給他爸爸，與先生相差九歲。先生負責在外接案，而她做內勤、當會計、處理家務，不曾拋頭露面。阿崙還記得，曾經向伯母抱怨過爸爸講話太大聲，總是用吼的，伯母淡淡地說：「全世界只有妳媽治得了他。」

「妳爸講話真的很大聲？」藝堂問。

「跟我一樣大聲。我現在其實是壓低音量，因為要跑工地，就得大聲啊。」

曾有鄰居告訴阿崙，以前只要爸爸在樓下大小聲，媽媽便會站在窗戶邊，溫柔地用台語說：「說更大聲一點，我在上面都沒聽到。」爸爸便立刻禁聲，卻不會生氣。

「她很厲害，可以撐起我們這個家，我爸在外面工作很辛苦沒錯，但背後沒有個女人幫忙撐，哪來這些成功？所以我今天可以這樣，得歸功於我媽媽的教育，也多虧她送我去加拿大，我才知道一樣米養百種人，人性險惡。然而，回到台灣不久，媽媽就不在了……」

「妳是什麼時候去的？」

「高中一畢業。我媽不喜歡我交的男朋友，所以把我送走。」

阿崙當初交往的男友大她五歲，媽媽並不贊成，造成了家庭風波。誰知道阿崙出國後沒多久，媽媽就罹患淋巴癌。「我人在加拿大一陣子才知道，因為我媽騙了我半年，她不想讓我回來台灣，直到醫院發了好幾次病危通知，家人覺得一定要讓我知道，我才回來。」

「妳回來後，妳媽媽還在嗎？」

「在。我照顧了她一個多月，我覺得我媽先前對我的照顧，我在那一個多月有努力回報給她。她後來不能下床，必須包尿布，還和我講說：『對不起，讓妳幫我換尿布。』她這樣跟我道歉，還對這件事感到不好意思，可是我認為這就是我該做的，因為我是她拉拔長大的。」阿崙還沒有把話說完，已經哽咽得說不出話，我抽了一張面紙給她。

「今天我會的所有事情，都是她教我的，她以身作則，我們小孩看了也會學。當初媽媽是這樣，那我們長大也會想效法我媽，當然做不到她那種完美，還是有自己風格。」

「可能再幾年就會更完美，甚至超越。」

「不可能，扛水泥才是我的強項，扛小孩更輕鬆。」阿崙說完，我們又大笑了。

可以好好道別，終究是好的。在醫院的那段期間，阿崙盡了身為女兒的責任，陪著母親直到她離開那一刻。也從那一刻起，原本習慣穿著花色衣服的阿崙，讓自己穿上方便工作的黑衣，替代媽媽扮演爸爸助手的角色。然而，對於阿崙的爸爸而言，妻子離世的傷痛，卻也轉化成一股壓力，逼得阿崙喘不過氣來。

「如果下輩子能選，我還是會想做你的女兒。」

「以往我爸爸任何事都是我媽處理，我媽不在了，他什麼事就會叫我做，不管是工作還是其他事。」和許多台灣爸爸一樣，阿崙的爸爸的生活便是工作、回家、和太太講話，沒有什麼娛樂，不抽菸也不喝酒，只會認真賺錢。

「家裡東西放哪，我爸一律都不知道，他連洗澡都是我媽幫他把衣服放好，他才去洗，所以我可以懂他的感覺，一瞬間失去了習以為常的人，漂流木也沒了，沒有什麼可以抓得住。當時我爸給我壓力滿大，媽媽不在，什麼事都我扛，我太年輕，只想逃。所以遇上了老公這個漂流木，便想趕快跨上去。」

問起她和老公的相識過程，阿崙笑了。「工作認識的。他開大卡車，六噸半，載運營建廢棄物。他長得不是很帥。但遇到他那一瞬間，他成了我逃避壓力的港口。」

於是兩人開始交往，過了四年多才結婚。交往期間，年輕氣盛的阿崙只想要出去玩，遠離這個家，讓自己可以喘口氣。也為此，她和爸爸將近一年沒有說話，而爸爸也排斥這段婚姻。不過，他們終究成為了彼此照應的一家人。

「決定要結婚前，妳的心情是什麼？」

「我覺得可以逃離我爸了。」但是她沒有，她留下來了。在婆家住了三年，生了兩個孩子後，阿崙透過照顧孩子，終於理解當初爸爸喪偶的心情，為了不再有當初對母親的遺憾，在婆婆體諒下，讓先生陪她搬回家裡，一起照顧爸爸。

「結果到最後我還是回來了，而且多了更多漂流木。」

為什麼一直提到漂流木？「你不覺得漂流木在大海這樣漂來漂去多自在，我就喜歡這樣，自由自在，可惜漂到岸上就被我老公撿走了。」

白天幫忙爸爸，晚上整理家務、照顧孩子，阿崙的人生十分忙碌。她的夢想是獨自一人在海邊聽海浪聲、吹海風，放空什麼事都不管，沒有手機和網路干擾。「我覺得我背上的壓力太重了，我想放空，有屬於自己的生活，一個人就好，這是我最嚮往的生活，可是好難。」

儘管一直想逃離爸爸，阿崙很多地方都變得和他很像。一樣雞婆的個性，一樣喜歡和鄰居聊天的性格，當然，還有那被老公抗議的大嗓門。

「我爸爸曾對我說：『做我小孩很辛苦，希望妳以後可以當有錢人家的小孩。』我就和他說：『如果下輩子能選，我還是會想做你的女兒。』（哽咽）當有錢人的小孩有

什麼好，吃路邊攤也會被指指點點，我們吃土誰理你。雖然他之前給我很大的壓力，但是我下輩子還是想做他小孩。我現在走在街坊，大家就會說：『這阿得兄他女兒！』我很清楚，是我爸給了我這一切。」

對阿崙而言，在獨自一人去海邊旅行之前，還有很多事要忙。「這不是我阿公留給我爸的，是我爸自己一點一滴這樣撐起來，我也不想放棄，如果放棄就等於他這輩子的心血就沒了，除非這行沒落，不然我還是會幫我爸撐起這個公司。」

「妳爸爸名字如何寫？」

「游明得，我爸走在鄰里間，至少都還有人認識他，認識他的人就會認識我，所以我要感謝我爸爸。我今天能夠被你們採訪，這麼榮幸，都是我爸帶給我的。如果你們以後要採訪歐吉桑，可以採訪他嗎？他很可愛，也很善良，你們一定會很喜歡他的。」

好的，阿崙，我答應妳。如果未來藝堂與我展開了歐吉桑採訪計畫，一定會採訪阿得兄。然後我會告訴他：「阿得兄，你的女兒真的很棒，請以她為榮。」

TASTE 13｜阿崙的蛋炒飯

苦茶油蛋炒飯竟然香到害人肚子一直叫，太不可思議。原本以為單調的蛋炒飯，氣味、口味共鳴，滋味十分立體。簡單，才是最不簡單。

接下來的主婦是白媽媽，從問卷上我們得知她經歷過喪偶之痛。我看著問卷準備訪綱，一邊沉浸在自己對於採訪計畫即將告終的淡淡哀愁，一邊思索告別摯愛時，必須承受比生離大上幾倍的哀痛。

採訪白媽媽那天，天空放晴，太陽很大。採訪開始前，光能里里長向我們説起白媽媽的孫子有多聰明、善良。雖然當天沒有遇到這位小朋友，但從白媽媽提到孫子時的表情，我大概理解了生命的意義——有人走了，有人來了，我們所能做的，便是好好地擁抱、關愛彼此，不要留下遺憾。

插曲#14

採訪計畫進行至今，已經超過一年的時間，我與藝堂、小歐依舊是沒有太多私交，一次也沒有約出去玩，但我們培養出很好的工作默契，例如只要我一進門，他們便會告訴我插座在哪裡，然後幫我向主婦們借插座幫手機充電（對不起，手機太爛，說了一年都還沒換）。

就是這些體貼的小事，才讓人印象深刻，確定自己如此幸運，能夠找到這麼好的夥伴。其實內心有一點複雜，「主婦的午後時光」只剩下最後兩組採訪，接下來的每一次採訪都是倒數計時，實在捨不得向這麼棒的夥伴們告別啊。

INTERVIEW #14

白媽媽教我的事

該如何與摯愛說再見

在當代藝術館工作人員和光能里里長帶隊下，我和藝堂、小歐來到白媽媽的家，樓下是一間人蔘店，樓上則是一般住宅，踏入大門之後所見的一切都帶著濃厚的老時代感，彷彿時間凝結在某個當下，不曾前進過。

白媽媽頂著一頭短捲髮，穿著一身白色短洋裝，緩緩走下樓梯，熱情地招呼我們。

裝設器材時，我發現店面之後的長形空間，以紅色塑膠箱裝妥了許多真空包裝的人蔘。旁邊也有兩個玻璃大甕，裡頭裝著琥珀色的人蔘酒。

「以前我很少煮飯，嫁過來後有先和老公約法三章。」

白媽媽簡單介紹了人蔘生意，之後便帶著我們上樓，要炒飯給我們吃。「我的炒飯不是只有加蛋，我都會加鮭魚酥或是鮭魚，平常我看家裡有什麼，我就炒什麼，今天我是用鹹魚，非常好吃。」

炒飯的過程中，白媽媽豪爽地介紹食材以及烹飪方式，也不忘招呼角落的小歐與當代藝術館同仁。

白媽媽說話的聲音很有元氣，是讓人聽了想多聊幾句的那種傳統阿姨。我發現流理台旁放著自製的橘皮洗碗精，忽然想起了先前採訪過的美濃主婦一加，她的廚房裡也有一模一樣的東西。「能夠盡量自己做就自己做，我很多東西都沒有去買化學的。」

或許是生意人性格使然，白媽媽細細觀察著我們的一舉一動，深怕冷落了在場的每一個人。吃完好吃的鹹魚炒飯後，我和藝堂便進入正題，開始清場準備採訪。

「白媽媽，請問一下妳的本姓是？」

「我姓鍾，人家都叫我白太太，現在我晉級變成鍾小姐了。」

「妳是幾年出生？」我問。

「民國三十七年。」

「欸，我媽媽是民國四十年次。」

「那我可以做你媽。」白媽媽說完，我忍不住笑出來。

「妳第一次炒飯是什麼時候？」我問。

「我在家裡很少煮飯，嫁過來之前，有和先生說我不會煮飯，先約法三章。我老公在的時候都是他掌廚，他都十一點就來換衣服，然後煮飯給我吃，我就負責洗碗，這樣分工很好。」白媽媽從小就不太會做飯，長大了則是在外上班，在家裡頂多是幫媽媽洗鍋子或整理家務。

「人家說南瓜不能削皮，我是真的削皮，還有麵線不能加鹽，我也真的加鹽。還有番茄炒蛋，我剛開始都不知道要先放番茄還先放蛋呢。」為了當賢妻良母，一方面也怕別人笑，白媽媽還是去上了烹飪課，如今她的手藝可厲害得很。

「我比較不會預估菜的味道，不知道要加多少鹽巴、味精，所以我都要試試看，才知道好不好吃、味道是否太重或太淡。因為我煮飯都會先嘗幾口味道，有一次我老公在後面看，就說我都給人家偷吃好幾口。但煮飯的好處就是可以先吃啊。」

回想兒時生活，白媽媽家裡開雜貨店，賣蚊帳、枕頭、棉被等日用品，家裡換過很多工作，只要能賺錢，什麼都願意嘗試。小學一年級的時候，沒有閒錢可以買零嘴，有一次她看見同學吃糖，因為太想吃了便一直盯著人家瞧，被嘲笑是愛吃鬼；她覺得丟

FRAGILE
TAIWAN BEER
羅

臉，哭著跑回家去。隔天雖然不想再去學校，還是被媽媽趕去上課，但和那位嘲笑她的同學冷戰了幾天。

提到往事，白媽媽感慨，「我們這週日要辦同學會，同學中已經有人走了，大家就覺得應該趕快多多見面。」

兒時雖然窮，白媽媽功課很好，從小學起便經常是班上前三名，更是模範生人選。「那時候當模範生都會貼一條紅色彩帶，長方形的名牌上面，會另外再貼一條紅色絲帶，走起路來很威風。我那時感到很光榮的就是功課，從小到大都很順。」

「我們是苦過來的，賺到錢不會小氣，要再拿去幫助別人。」

問起她的作息，白媽媽五點半或六點鐘起床，先去鄰近捷運廣場練習外丹功，之後就回家洗澡，並且拜拜。「三樓有一個佛堂，我們都信佛的，所以要拜拜。以前都老公負責拜，現在他走了，就換我接。」

身處回憶的原點，白媽媽無論聊起什麼話題，總會提到已經離世的老公。問她兩人何時結婚的，「我民國六十一年嫁過來，那時公婆才五、六十歲，現在都已經走了。我結婚四十幾年了。」

婚前，她讀完空中大學，在台北主計處上班。與老公是因為堂姊夫介紹，才認識的。「不是完全媒妁之言，就是人家介紹給妳，妳自己再去了解，可以的話，就繼續走下去。」交往一年多，兩人便決定結婚。

「我也覺得太快，可是那時已是適婚年齡，我老公已經三十歲，家裡也催他，我比較沒那麼急，不過他們要，我就答應了，沒有考慮再去找別的。其實照理講應該要多找幾個，可以比較一下。我和我兒子講要多找幾個，結果他也跟我一樣，第一次人家幫他介紹就成了。」

「老公家裡環境如何？」

「他們家在中部種菜，我不曾嫌棄他家沒錢。」

「那妳家呢？」

「我家也沒錢，但是和他比起來好一點，嫁過來很辛苦，要拚命才有錢。」

「老公是怎麼向妳求婚的？」

「在新公園，那裡晚上都暗暗的。我記得那裡有一個水池，裡面有種花，我們就坐在那邊，他對我說，他這輩子不會再去找別人，意思是說就是我了，我那時也沒回答他是與否，就靜靜地默認。我們以前很害羞，連牽手都不太敢，約會時他也會躲在角落等我，不像現在人那麼公開。」講到約會情景，白媽媽有點害羞，「時代不同，我們以前比較老派。」

「妳認為和他結婚是對的選擇嗎？」

「三十幾年來，都還是覺得對。他對我真的很好，公婆也是。我公公甚至和他老朋友說他們娶這個媳婦真的太好。這是別的朋友再轉述給我聽的，他不是當面對我講，這才是真心的，不像是奉承。那時因為要拜拜，我公公會四點多起來煮稀飯，然後先弄一碗搧涼了，讓我可以趕快吃完去上班。」

白媽媽結婚後，夫妻倆與公婆同住。那時，先生做百貨批發，批發的貨物很小、很雜，數量又多，沒辦法經常盤點，也因為當時沒有電腦輔助，得用手工記帳，白先生做得很辛苦。「我工作七年才離職，家裡沒人顧，東西都被偷，祕書會偷，會計也偷，我只好離職回來幫忙他。魚與熊掌不可兼得。」

「我們那時都不會挑要有錢、有車、有房才要嫁給他，以前選擇配偶的條件是找肯吃苦耐勞、個性不會亂七八糟、品行端正、對家照顧的人。雖然有車子、房子、金子也算是一種保障，但我們就是比較笨，跟著吃苦吃好幾十年，不會去計較。以前有人說過，一條牛如果肯做，也不怕沒田可以耕種，只要肯吃苦就不會餓死，我以前就是這種觀念。」

於是，從一開始一邊上班一邊做家裡的帳，到後來全心擔任老公的後盾，白媽媽終於與先生存好積蓄，買下了目前居住的這棟房子。「我老公是做外務的，後來生意做得很好，也賺很多錢，又很孝順。他賺了錢不會小氣，都是培育叔叔、小姑，也會幫助貧

窮的人。他後來去大陸做人蔘生意，也幫助一位孩子讀到大學畢業，這個我是後來才知道，但是對我來說是很光榮的一件事。」

「沒有夫妻是兩個同時走的，一定是一個先走，一個留下。」

在這棟房子，積累了四十多年的夫妻回憶。「我愛玩，他只要帶我出去玩，我就很開心。他帶我出國兩次，一次去廣州，一次去澎湖。欸，澎湖不算出國啦……現在人生日有的會送花，但他會去買豬腳麵線給我吃，就像是古時候的人燉豬腳慶祝一樣。」

然而，哀傷總意外降臨。二〇一四年，先生因為跌倒意外過世了。「他走的日期剛好是我手機後面的號碼，他不知道怎麼選的，就是讓我不會忘記他，很奇怪。」

「白先生過世快滿兩年了，妳現在心情上有什麼改變？」

「剛開始我連樓上都不敢上去，因為我膽子小。白天得上三樓拜拜、曬衣服，晚上自己一個人又比較孤單，現在比較習慣一點了。睡覺的時候，我會聽音樂聽到睡著，或是看電視看到睡著，屋子裡只有自己一個人很安靜，我會怕。」

白媽媽回憶起過往的點滴，繼續說著。「我記得有一次我老公要出差，我兒子也是，家裡只剩下我一個。我老公沒有跟我講，自己去找親戚，叫他們來陪我。我很感動，他了解我膽子小，就會到處找親戚朋友來陪我。現在我生活上忽然失去兩個男人，我老公走了，我兒子搬出去住，只剩下自己一個人。沒有夫妻是兩個同時走的，一定是一個先走，一個留下。像我公公先走，我婆婆也很孤單，還好我們有和她同住，那我……那我就比較特別一點。」白媽媽說完，我遞了衛生紙給她。

「他是一個樂善好施的人，他雖然賺很多，錢也沒剩多少，到最後留給我這棟房子和人蔘給我賣，沒留什麼現金給我。現在，反正我要用的錢就是自己賺，子女的錢他們自己賺、養家，我也不和他們拿，家裡所有的費用是我自己籌措的。」

「所以現在看到的所有人蔘都是庫存？賣完就沒有了？」

「對，這是他心願，我就幫他處理好。賣完之後你們就沒得吃了喔。」白媽媽擠出微笑。

「沒想過繼續賣嗎？」

「不要，我年紀大了想休息，我要過我清閒的生活。」

「有夢過他嗎？」

「有，我夢到他回來，我女兒也有一樣的夢。他穿著水色道袍說要去修練，他生前心心念念就是想要去修練，我們告訴他說，希望他好好跟師父去修練。不曉得他是不是真的有去，但至少在夢中看到了他穿著道袍，所以我就認定他已經出發，去完成心願了。」

採訪結束後，我們請白媽媽上三樓佛堂，想在那裡取景。一進去，便看見古色古香的神桌與春聯，主位則供奉著觀音大士的畫像。我與小歐沒有說話，靜靜站在旁邊看著藝堂拍攝。

藝堂告訴白媽媽，不需要特別擺姿勢，和平常差不多動作就好；於是，白媽媽半倚著旁邊的桌子，凝望著神桌上的擺設，淡淡地說，「我每天拜拜，都會叫他保佑我們全家平安，人過世要供菜飯，我也持續地這麼做。」

如今，白媽媽一面繼承先生的生意，一面學習日語、唱歌。接下來的日子，她想要環遊世界。

「我兒女都鼓勵我出去玩，因為他們知道我常常會想念我先生，出去跟朋友聊天，看看外面的世界，說不定就會忘記了。我問過人家喪偶之後幾年才會忘記，他們說至少要兩三年，我就想說我現在還會想也是正常。之前有一個和我一起去旅遊住同房的，她老公過世十幾年了，她說她已經不會想了。」

拍攝結束了，我們一行人在樓下集合。里長詢問了烹飪方式後，拿出錢包買走了幾包人蔘。我看著白媽媽嬌小的身影與那一箱箱妥善保存的人蔘，覺得自己見證了一場安靜的告別，忽然想起收工前問她的一個問題：「那妳下輩子還要嫁給他嗎？」

白媽媽羞赧地回答：「再說啦。」

TASTE 14｜白媽媽的蛋炒飯

鹹魚蛋炒飯發出侵略性的香氣，可以直接吃一碗公。不過，畫龍點睛的並非鹹魚，而是點綴在上頭的香菜與桔仔餅。甜甜鹹鹹，帶舌頭去外太空旅行了。

所謂的平凡與不凡，都只是我們對於他者最初的印象。我們看不見的，是每一個活生生的人，都有其值得傾聽的生命養成經歷。我們需要的，並不是快速分類，而是靜下心與對方交談。

唉，雖然有點捨不得，但還是邀請你陪我們一同前往故事的最後一站。

插曲#15

這一年多的時間，我與藝堂拜訪了十四位主婦，她們的坦誠分享，讓我們發現、反省自己的自以為是，也因為這些珍貴的生命故事，讓我們理解，當他人把過往生命經驗大方攤在我們眼前，我們必須懷著謙卑的心情好好對待故事的細節，不可輕慢。

愛卿阿姨是我們最後一位受訪者，她在傳統家庭中長大，並不排斥傳統價值觀，卻不受其束縛，過著自在的生活。她的生活恬淡，卻不向現實低頭，她不太把夢想掛在嘴邊，總是活在當下，如此平凡，卻是台灣中年主婦的縮影。

一開始，我們也曾迷失在「多元」之中，希望這一本書能夠呈現出截然不同的主婦特色，換句話說，期待多一點戲劇化的成分。但實際運作之後才發現，對於多元的想像加深了對主婦的刻板印象。

INTERVIEW #15
MOCATaipei
台北當代藝術館

愛卿教我的事
活出傳統價值中的美好信念

愛卿並不是滔滔不絕的受訪者，在她身上，我彷彿看見了傳統家庭婦女的縮影：安靜、溫柔、有問必答，在必要的時候，會展現自己堅定的一面。

她在我們事前提供的問卷上寫道，自己是一隻溫馴的兔子。「我大多都是配合別人，比較缺少創意，這點我還在努力。」

從小，愛卿與父母、三個弟弟一同在新店郊區長大。由於父親從事裝潢業，經常在外打拚，管教孩子的責任便落在母親身上，母親的要求十分傳統、嚴格，與當年的台灣父母一樣，如果小朋友太調皮，一頓竹筍炒肉絲也是家常便飯。

「這個名字皇帝都會喜歡，大家都會愛妳。」

「小時候很流行養蠶寶寶，我一早起來就去拔桑葉要餵蠶寶寶，地也沒掃，結果一進屋，媽媽已經拿著竹子在大門旁邊準備侍候我了。」愛卿的母親在村子裡面以管教嚴格出名，總是要求自己與子女們都要盡本分，才能享受，也因為大環境欠佳，愛卿的母親經常靠販售農產品來打點家務。「我媽種菜、養豬鴨，以前我媽都會把菜一綑一綑綁好，要我們記好價錢去賣，賣完以後才去上學。所以後來我會當會計也是有原因的，從小就已學會管理金錢。」

國小六年級起，愛卿便經常在暑假期間，陪著母親一起去摘芭樂，然後挑著走，一路沿著北宜公路走到青潭的中央印製廠販售。「芭樂賣完了，心情就會很愉悅，回程一小時多的時間，就會有一種把所有努力都賺回來的感覺。媽媽總會在那一季尾聲，將所有販售餘額拿去買一塊金子，存下來。她一直存，存到一定的量就會換大的，到後來，她幫我弟弟每個人都買了一間房子。」

「那她有幫妳買嗎？」我問。

「我買房子的時候，她有贊助，但不是完全補貼。我一直很羨慕我媽媽，雖然保持傳統的觀念，卻思緒很清晰，她把東西給了誰，那個人就有後續該盡的義務。她若身體有狀況，她也是先找兒子，而不會要我第一個趕過去。」

重男輕女的習慣，對愛卿這一代的人而言，並不是新鮮事。小時候，愛卿的媽媽招贅結婚，生下第一胎便是愛卿，因為是女兒，所以沒有太多補品，以致身體一直不好。後來一連生下幾個兒子之後，外公認為愛卿是福星，才疼惜她起來。

那年代，在家庭裡呱呱落地的女嬰，名字往往被取作招弟，希望之後讓母親生下一個兒子，但這樣的期待後來多半落空，甚至招來這些女兒們的不幸。當愛卿出世時，奶奶擔心之後沒人疼惜她，所以給她取名叫愛卿，也就是以前歌仔戲裡面，皇帝最喜歡的那個臣子。「她說，這個名字連皇帝都會喜歡，大家都會愛妳。」

名字的魔力發揮作用，儘管在眾人的喜愛下長大，愛卿仍然接受了身為大姊的宿命：在家協助母親、工作貼補家用，直到最小的弟弟當兵回家，弟弟們可以陸續幫助母親的生活之後，她才結婚。

問她為原生家庭奉獻時，是不是有悲傷的時刻，愛卿思考了一會，搖搖頭說：「我好像神經很大條，像現在也是。今天的事情做完就忘了，明天又是新開始，反正一直把今天的事情做好就好。」

小時候的愛卿，對未來沒有太多想法，有母親在旁邊督促，賺了錢母親也會幫忙儲蓄，只要管好本分，就不用操煩太多事情，自然不會想開創什麼新的道路。問她難道沒有志願，她提到了曾有想當老師的夢想。可惜那年代的師專比台大還難考，於是她考了

高職，讀了商科，畢業後便去公路局當售票員，也在那裡遇到將來的人生伴侶。

和老公第一次約會的場景，是在東南亞戲院看《十誡》。「我們家比較傳統，我不敢和我媽講，我只說跟同事去看電影，而不是男朋友。」我問愛卿是誰買票，她笑著說：「當然是他買。」

因為處於經濟比較拮据的年代，沒辦法每次約會都看電影，小倆口便改去和平島踏青。交往幾年後，老公考進了捷運局，而愛卿在貿易公司上班，「也三十一歲了，再不結婚不行，不管怎樣也要抓一個來結婚。」愛卿說完，我和藝堂大笑起來。

「那他是如何向妳求婚的？」

「那陣子他爸爸走了，剛好他自己心裡無助，他爸過去就很喜歡我，一直要我嫁給他，可是我那時沒有答應。所以他就說：『我爸走了，他一直很喜歡妳，妳願不願意嫁給我來送送我爸？』」愛卿感受到了先生的誠意和孝心，於是便答應了。但這樁親事不受愛卿父母贊同，「主要是因為他是獨子。以前的人都認為獨子要挑兩肩，父和母，沒有其他人可以幫忙會很辛苦，所以我爸媽才不贊成。」

然而，由於家住鄉村，傳統氣氛之下，鄰居親友總是緊盯著已在適婚年齡卻尚未結婚的人，水能覆舟亦能載舟，愛卿就順著這些緊迫盯人的目光壓力與老公步入禮堂，過著美滿的生活。

「婆婆的遺物裡有一捲錄音帶，錄下她對我們一家人的期許。」

婚後，愛卿繼續職業婦女的生活，在貿易公司當會計。隔年，她生下了大女兒。在婆婆支持下，她繼續上班。對愛卿而言，婆婆與母親或許是極端的對比。「像是剁雞、包粽子這些事情我媽媽都會，但我不會，我婆婆也說沒關係，因為她也不會。」嚴格的母親讓愛卿學會要盡本分，不能造成他人的負擔，而溫柔的婆婆則讓她理解了順應本性而活，並無不妥。四年後，愛卿生下小兒子，一樣是由婆婆帶大，一家人感情十分好。

然而，從職業婦女走入家庭的決定，也起因於婆婆。二〇〇一年，婆婆辭世，愛卿與先生整理婆婆房間時，意外發現了一捲錄音帶，上頭貼紙寫著「阿嬤的話」。

「我婆婆在我女兒快三年級時就已錄好這捲錄音帶，但直到婆婆辭世時，我們才發現。她覺得這兩個小朋友是她帶大的，希望他們以後有好的發展，不要在青春期時變壞……」拿到錄音帶後，愛卿先與老公一起聽，之後又找來兒女一起，全家人哭成一團。

「我婆婆和我媽一樣，很注重小孩子，她說賺更多的錢也是為了要照顧小孩子，那為什麼不乾脆在這段時間好好照顧和陪伴他們呢？於是在錄音帶裡留下了這個願望，希望我把孩子帶好。」

順應婆婆的遺願，愛卿對公司提出回歸家庭的想法，之後便申請退休了。過沒幾年，或許是婆婆的先見之明，愛卿果真遭遇了身為母親的最大挑戰：兒子上高二後遭到班上排擠，每天上學都像遭受酷刑。

兒子高一時成績很好，總在班上拿前三名，也有幾個不錯的麻吉。高二選組時，聽從家裡的建議，選擇了第二或第三類組，誰知道才唸了一學期，不是物理不及格就是數學不及格，於是決定回返第一類組就讀。此時，班上同學卻認為有人要來跟他們搶名次，所以就排擠他。

「他那時很沮喪，每天回來都會用力捶牆壁，捶到手都流血。」幸好當時愛卿正在學校輔導室當義工，輔導室老師得知狀況便經常關心他，讓他心情好轉一些。「到了高三下學期，我和老師說，讓他去補習班上課，不要去學校。因為在學校沒有人可以和他講話，他是很喜歡講話的人，如果沒有人跟他談，他就沒辦法紓壓，回家就會捶牆壁。那一陣子，我經常寫紙條鼓勵他，後來他比較少與班上同學相處，就變比較好一點。」

「那老公那時候怎麼說？」

「我老公就說媽媽的力量最大，全權交給我處理。」然而，捶牆壁的場景，只有愛卿目睹。「我和他講說你兒子又捶牆壁捶得手紅紅的，但老公也不太敢跟他說，畢竟就是因為他的想法，兒子才會各組間換來換去。」在大人的眼中，或許覺得只要忍耐一陣子，一學期就過了，可是對孩子而言，事情卻完全相反。於是這樣的排擠，往往變成一輩子的創傷。

推動
同安全社區

「那妳兒子後來如何呢？」我緊張地問，無意識掃視愛卿的家，看著關起來的房間木門。

「他考上中央大學，後來自己申請到國外去留學，目前在國外工作。現在他很有自信。」

兒子在高中那一段不愉快的遭遇，反而變成了讓全家人團結在一起的重要過程。那時候留給兒子的信件，或許變成了一條繩索，讓他得以自黑暗中攀爬出來。

「女兒也會抱怨，怎麼寫給她的信那麼少。」愛卿說完，又開始向我們介紹了女兒在中研院的成就，也說了幾件女兒貼心的舉動，對兒子與女兒的關愛與驕傲，完全寫在臉上。

「我想把我的時間奉獻給大家，哪裡需要我，我就去哪裡。」

孩子大了，也各自獨立之後，愛卿曾想過要二度就業，但先生擔心她年紀大，電腦又不行，體力也可能會輸人家，若是把身體弄壞了可就划不來，於是便打消念頭。

然而，在家沒有事做，愛卿始終覺得自己應該出去透透氣。偶然之下，她與老公山上種菜，遇見了一位台北當代藝術館的志工玉華老師，就在聊天之下，得知當代藝術館徵求志工的訊息，之後報名了，這一做就是十幾年，也和當代的工作人員與其他志工，建立起像是家人般的親密情感。期間，她也在各個公營空間擔任志工，不曾歇息。

「如果妳可以決定一件事，不會有任何副作用和影響，妳想做什麼？」採訪尾聲時，我問愛卿。

「我習慣今天過完了，明天的事明天再規劃，不會想到長遠的路。但我想把時間奉獻給大家，哪裡需要我，我就去哪邊，這是我接下來想做的事。」

採訪完畢了，我與藝堂詢問愛卿有什麼日常嗜好可供拍攝，她指著桌上兩大紙袋，告訴我們那是她十多年來擔任志工的證明。我們將袋中的感謝狀、工作證、徽章等物件一一拿出來，平鋪在地上，再請她在一旁安坐。

開始拍照了，藝堂一如往常地汗流浹背，在幽暗的燈光之下，我聽著藝堂的快門聲，看著地上那一張張志工證及愛卿的側臉，忽然感受到一股強烈的情緒。這些用電腦列印著工作時數的紙張，或許不像獎盃或是獎牌一般張揚，卻是愛卿的生命中重要的回憶與紀錄。

「欸，對了，愛卿阿姨，為什麼妳會報名讓我們採訪？」收器材時，我不經意問她。

「因為機會難得，我絕對不能錯過。」愛卿笑著回答，此時，她不再像是她口中那一隻順從的白兔，而是有點調皮又有自信的白兔。她的主動爭取，再度打破了我對傳統主婦的刻板印象。

「沒錯，可別低估了家庭主婦啊！」我在心裡說。

同時抬起頭對藝堂、小歐大喊：「主婦的午後時光，正式殺青。」

TASTE 15｜愛卿的蛋炒飯

沒想到最後一盤蛋炒飯，呼應了頭一盤，是素的！黑木耳成為蛋炒飯的素材，這還是我頭一遭吃過。清脆的口感，讓人覺得沒有肉吃也無所謂。讚！

FINALE

老媽的地球儀

我住在家裡，每天出門上班前都會吃到老媽的愛心早餐，每天下班回到家，老媽都會坐在沙發上等我。長期住在同一屋簷下，我一直認為我與我媽很熟，但事實上我有的，僅是稱之為「媽媽」的模糊印象，對「媽媽這一個人」，我一無所知。

我不知道她在我上班時，在廚房做菜時會聽什麼廣播節目；我不知道她與老爸相識的確切過程，只隱約知道他們曾是筆友；我不知道她求學時是否遭遇挫折、小時候喜歡玩的遊戲，甚至不知道她最喜歡的偶像歌手。

經過「主婦的午後時光」採訪計畫，我最大的收穫，或許是我更加理解我媽媽這一個人之於我的意義，她不只是一個母親，而是與我一樣，是曾經被生命傷害卻也被其深深包容的存在。透過其他主婦的人生故事，我理解了老媽的某些人格養成，有其大時代的背景，也才理解了什麼是一個女兒與媳婦，所必須承接的來自於家族的壓力。訪問了那麼多主婦，關於老公向她們求婚的經驗，我才終於回過頭，趁著老爸回台灣的機會，當著兩人的面詢問他們如何相遇、結婚。

以前，我一直以為家族史是龐大的寫作命題，因為龐大所以必須作足功課才能起始，但經過這一整年的採訪，我才發現，面對親近的人，我們需要的往往只是好好坐在對方面前，開口，傾聽。

採訪計畫到一半，小歐與藝堂說要來家裡拜訪老媽，幫她拍些照片。我一開始有些尷尬，但終究還是答應了，畢竟這個計畫的起點便是老媽，而與我分享故事的主婦們，或許也想知道這個讓採訪者起心動念的那位主婦的模樣。採訪前幾天，老媽在家忙東忙西，一面嘮叨時間不夠她沒辦法把家裡整理乾淨，另一面又擔心炒飯不好吃會讓我丟面子。我也才明白，對經常有採訪經驗的我，對著陌生人侃侃而談是件小事，但對於這些主婦而言，每一位陌生人到家拜訪，或甚至是專業的採訪、攝影，都是生命裡的大事。

那天，藝堂詢問我家客廳為什麼會有一個地球儀，我想了想，實在摸不著頭緒，便回答應該是老媽在電視購物亂買的吧。後來，藝堂再次開口，老媽才回答其中所以。原來，老爸和老哥在中國不同省分，我雖然多數時候都在家，但經常出國，留她一人看家。那一座地球儀，便成了老媽用以追索家中成員行蹤的重要工具。

我還記得，升小學四年級的那年暑假，老媽牽著我的手走到公車站，教我如何搭乘桃園客運三號公車前往市區的英文補習班上課。那時候，我看著窗外風景快速流過，心裡莫名緊張，深怕自己就這樣被公車送到異鄉，再也回不來了。後來，也有幾次迷路，但老媽總是有辦法找到我，牽著我的手和我一起搭車回家。

曾幾何時，她外出的時間少了，除了市場、工作室、外婆家、和我們家，她鮮少增加移動的路徑。鼓勵她多多出門，她也面露擔憂，怯怯地訴說對於捷運、高鐵等交通工具的焦慮，我讀得出那熟悉的恐懼——老媽在大街上找到我，握緊我的手，才得以消除的那種迷路的恐懼。

以前那一個帶著我走入外頭世界的老媽，慢慢膽怯了，當我們往外走得越來越遠，她卻還留在家裡，變成了看家的那個人。我想她並不會後悔這樣的選擇，她一定希望，當我們想回家的時候，都可以安心地回來。

因為她還在，因為她永遠都會在門口對我們說：「歡迎回家。」

當我在工作室書寫這篇後記的時候，老媽正在家裡，或許正在準備午餐，或許正在看民視八點檔的午間重播，我想，她偶爾會抬頭觀看那一顆地球儀，等待著有一天，全家人都回來了，就可以拿大黑塑膠袋把這一顆地球儀包起來，一股腦放進倉庫。那時候，或許是她可以重新出發去探索世界的時刻。老媽，我們一起去吧。

攝影師的話

有幸得見那片平靜沙洲

陳藝堂

過去這一年以來，和夏民持續每個月一到兩次走訪書中各個家庭主婦的家，對我來說，是一件有點熟悉又有點特別的事情。

熟悉的點在於我自己本來就喜歡拍攝人像，不管是過去的工作或是自己的計劃，還滿常跑去別人家亂入一番，進行人像攝影工作。而特別的地方在於，工作上我鮮少有這種長期的夥伴一起進行例行的工作。記性很不好的我，事實上已經快想不起來夏民當時是怎麼找上我的，只記得他說喜歡我拍朋友的照片，尤其是一些好笑亂來的東西。

一年過去了，我覺得很高興，我很喜歡我的這位搭檔，工作中他給我許多幫助和正面能量，下工之後和他聊天也總是很有意思。

一開始我對「主婦的午後時光」這個命題的想像，其實挺空洞的。因為我對此相當陌生，所以反而有著很多不切實際的妄想，覺得似乎是要去見識一些五花八門、充滿異人性格的主婦們。然而隨著我們的循序進展，才真正感受到實際上在今天台灣社會裡，普遍的主婦們在過什麼樣的生活，這十五位家庭主婦彼此之間的樣貌豐富性，都扎實地來自個人生命過程中的累積。或許只是簡單的一些興趣嗜好，或許只是繁忙家庭生活中的一段喘息時間，或許我們看到的不是特別獵奇的生命景觀，而是她們生命河流裡，沖積出來一片平靜的沙洲。

我回想著總覺得很幸運，她們願意與我們這兩位全然不相識而短暫來訪的客人，在一個下午時光之中，分享展示著她們這些樸實無華的私人心情風景，非常感謝。

拍完最後一個受訪者後，我和夏民討論著，能夠經歷這一切真是不錯呢，或許明年或什麼時候，我們再來做一本台灣男性一家之主或是歐吉桑的書怎麼樣？台灣的頑固老爹或是中年大叔應該也有很多心裡不為人知的ＯＳ想說吧。而且經過這次經驗，下一次就換陳夏民來拍照然後我來採訪也說不定，搞不好別有一番風味，敬請期待了。

編輯後記

小宇宙的守護者

群星文化執行副總編輯 李清瑞（小歐）

每次遇到那種要人選出最喜歡的十本書這類問題時，我回答的書單裡一定會有村上春樹和安西水丸的《日出國的工場》和妹尾河童的《妹尾河童之邊走邊啃醃蘿蔔》，這種基於好奇心而上窮碧落下黃泉，透過採訪者針對在意的主題到處找人對談探問，過程間還會不時透露一些小心事、小煩惱，並以真摯誠懇的文字風格來書寫的訪談故事，是我喜愛的文體。不管最後挖出的東西是普通或特別，都讓我產生了更認識這個世界一點的深刻感動。

也因此，當夏民在某天午後慎重其事地來我們辦公室為「主婦的午後時光」提案時，我感到非常期待；之後當我們開始具體討論執行方式，夏民提議一定要有專業的攝影來豐富這次的訪採，於是邀請藝堂加入這個計畫。「原來這是一個村上＋安西的概念啊，只是藝堂是拍照而不是畫插畫。」我想像著並好奇著，不曉得會挖掘到什麼樣的故事？

採訪家庭主婦這件事並沒有想像的簡單，雖然台灣的主婦人口不少，每個人身邊多多少少也都有認識家庭主婦，但是她們的世界相對封閉，我們必須要有可以認識她、且是她信任的接點，才能和她聯絡上，提出邀請，得到她以及家人們的同意，接著才有機會進行採訪。而且我們邀請的主婦幾乎都是素人，Google不到什麼情報，只能靠介紹者的描述和請主婦們預先填寫問卷來讓我們進行事前準備和做功課，其餘的就只好讓夏民與藝堂現場看著辦了。

每個家庭都是一個小宇宙，有自己的生態、作息、飲食習慣、語言模式，成員的組成也有各自的故事。當我們得以進入採訪，就像是一群意外的闖入者，在很短的時間內，嘗試截出這個宇宙的切片。

身為女生，我也得承認我對主婦這樣的身分抱有某些刻板印象，這印象大多來自於家母。雖然早就片斷聽過她從小顛沛流離到台灣的往事，但一直到她的故事被夏民寫成文字、配上藝堂的寫真時，我才得以用另一種角度，讀取我們家庭的切片，也因此感受家母個性上的堅毅恬淡是如何影響了我家這個小宇宙。

而我原本對主婦們自以為的理所當然，也在跟著夏民與藝堂一次一次的採訪後逐漸崩解。雖然可以老掉牙地說出「每個人當然都不一樣」的話，但是當有機會坐下來，採訪者一步步以問題勾出受訪者心裡的故事，那種直接情緒的觸動往往無法躲藏。如果受訪者是一位有著豐功偉業的人物，我們早就有所預期，但是當對象是平凡的主婦，那種無從期待而得出的結果，感受卻更深遠，因為平凡所擁有的超強穿透力，使得那種感動能不時能與日常生活呼應。至今，許多主婦們的故事和人生體悟一直使我懸念不已。

旁觀著夏民與主婦間的對話，藝堂為主婦們取景拍照，身為編輯的我有機會能在事前事後得知藝夏男孩與受訪主婦雙方在這過程中的心情，或許緊張、或許期待，但更多的是真誠的回應，期待自己的提問能被接受，期待自己的故事能被理解，這本書裡的篇篇字句和幀幀照片，都是人生中難得的交會所激發出的火花。

然後我才明白為什麼會這麼喜歡像河童和村上那樣的訪談書，當問與答能真誠地進行，就像在做棒球的接投球練習一樣，彼此注視，彼此回應，人與人之間得以互相理解，是多麼美妙的事。這種力量不只在那當下，還能透過書籍的出版，文字與影像的擴散，傳遞給更多更多的人。

最後要感謝參與這次採訪計畫的主婦和她們的家人，對我們的諸多打擾予以支持與包容，也與我們分享了她們珍貴的午後時光，還有美味的家常蛋炒飯。我想夏民說得沒錯，主婦是很了不起的，持續地守護著小宇宙的正常生活，值得一座諾貝爾和平獎。當我們試著理解這些小宇宙的守護者，我們才有可能更明白這個我們共存的大宇宙是如何運作。

特別感謝：iCook愛料理、台北當代藝術館

國家圖書館出版品預行編目（CIP）資料｜主婦的午後時光——15段人生故事×15種蛋炒飯的滋味／採訪、撰文：陳夏民；攝影：陳藝堂-- 臺北市：群星文化，2016.11｜ISBN 978-986-93090-4-2（平裝）｜855｜105017282

GoodDay 017

主婦的午後時光——15段人生故事×15種蛋炒飯的滋味

採訪、撰文 陳夏民
攝影 陳藝堂
採訪協力 李清瑞、劉力榛、楊憶慈、何宛芳
文字整理協力 黃韻蓉、黃培陞
專案企畫 何宛芳
責任編輯 李清瑞
美術編輯 陳恩安

發行人 龐文真
出版顧問 陳蕙慧
執行總監 李逸文
執行副總編輯 李清瑞
資深行銷業務經理 尹子麟
商品企畫專員 余韋達

出版 群星文化
台北市106大安區忠孝東路三段247號4樓
讀者服務專線：02-2752-8616
service@ohreading.com

總經銷 大和書報圖書股份有限公司
電話：02-8990-2588

法律顧問 益思科技法律事務所
印刷 通南彩色印刷有限公司
出版日期 2016年11月
定價 360元
ISBN 978-986-93090-4-2

恐れ 恐れ
恐れ
恐れ
なにかを恐れてるの
どうして恐れてるの
ねー
海のような羊水の中で浮遊するのだから
時間を恐れる
見えない世界の中に
なにに遭うのかわからないから
美しいものを恐れてる
仲間外れになるから
不自由を恐れる
籠の中の鳥のようにどこにもいけない
ねー恐れ

味うものだから
くても揃えないから
けられない運命だから

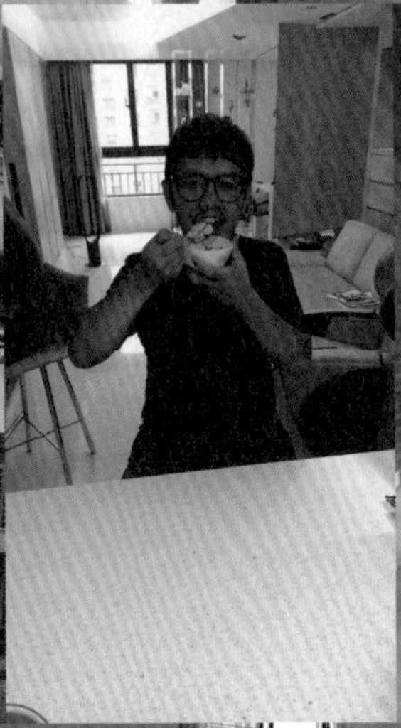

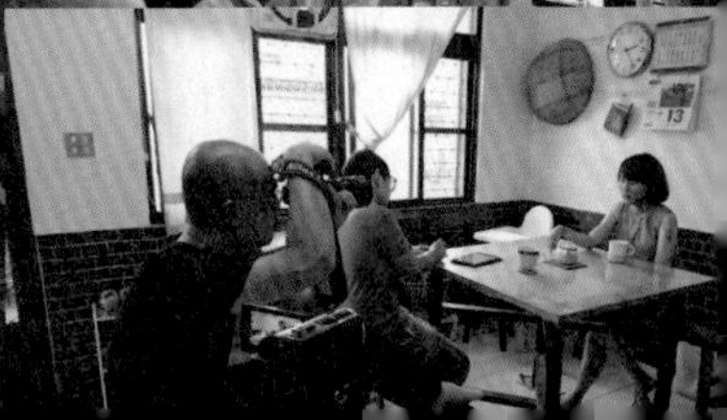

ALTERNATIVE